教養としての歴史小説

今村翔吾

ダイヤモンド社

教養としての歴史小説

今村翔吾

はじめに

2022年11月、ＡＩ（人工知能）開発を手がける米オープンＡＩが「Ｃｈａｔ（チャットＧＰＴ」を公開しました。

これが2023年になると急速に広まり、同年4月、東京大学が「人類はこの数か月で、もうすでにルビコン川を渡ってしまったのかもしれない」と見解を表明したことが話題となりました。

「ルビコン川を渡る」というのは、**もう後戻りのできない道に踏み出す**ということ。チャットＧＰＴやＡＩに指示すれば新しい作品が出来上がる作画ＡＩ「Midjourney（ミッドジャーニー）」などの生成系ＡＩは、これから人間の想像を遥かに超える速度で進展するでしょう。

私たちの仕事や生活が劇的に変化するのは、間違いなさそうです。

そんな今、社会人の間で教養を深めることへの関心度が高まっています。

さまざまな分野で教養に関する書籍や情報が流布しています。また、私の周りでもアートや文化に積極的に触れたり、仕事帰りに習い事をしたりする人の話をよく耳にします。

教養が注目されるようになったのは、先に述べたような時代の変化とも大きく関係しているでしょう。

今は社会の変化が激しく、一度身につけた知識やスキルが簡単に陳腐化する時代であり、価値観が多様化している時代でもあります。

そこで生きていくためには、知識を「創造」に結びつける力や、幅広い物事に適応する「感性」、人間的な「魅力」といったものを高めておく必要があります。

そうした時代に求められる能力が、「教養」という言葉に象徴されているのです。

私は、**教養を高める最も有力な手段は、歴史に学ぶこと**だと思っています。

なにしろ歴史には、これまでの人類の営みが凝縮されています。政治も経済も芸術も宗教も、すべて歴史を通じて参照できるのです。

一方で、歴史というと、なんとなく、とっつきにくい印象を抱く人が多いのも事実です。歴史が苦手な人は、ほとんどの場合、年号や歴史上の人物を暗記させるような学校の授業が、「つまらない」と感じて離脱しています。

そういう人たちに話を聞くと、意外にもアウストラロピテクスや縄文土器、卑弥呼などに関わる情報は、なんとなく知っています。

どれも歴史の教科書の最初のほうに記述されている情報です。つまり、みんな最初は学ぶ気持ちがあり、実際に学ぼうと頑張っていたのでしょう。

やる気を失わせた原因は、歴史の教科書やテストにあるのかもしれないですが、恐らく最大の要因は、時系列で機械的に覚えさせようとする授業の進め方にあります。

逆にいえば、好きな「時代」や「人物」から興味を広げていけば、確実に歴史が好きになります。そして、**その導入として最適なのが「歴史小説」**なのです。

歴史小説の主人公は、過去の歴史を案内してくれる水先案内人のようなもの。面白い・好きな案内人を見つけられれば、歴史の世界にどっぷりつかり、そこから人生に必要なさまざまなものを吸収できます。

水先案内人が魅力的かどうかは、私たち歴史小説家の腕次第。つまり、**自分にあった作家の作品を読むことが、歴史から教養を身につける最良の手段**といえるのです。

本書では、教養という視点から歴史小説について語っていきます。

私は、小学5年生のときに歴史小説と出会い、ひたすら歴史小説を読み込む青春時代を送ってきました。**人としての生き方や振る舞い方、人情の機微などは、ほとんど歴史小説から学んだ**といっても過言ではありません。

作家になったのも、歴史小説に耽溺《たんでき》した日々があったからです。私は中学時代から漠然と「小説を書いてみたい」と思っていましたが、20代まで歴史とは無関係のダンス・インストラクターをしていました。

そして30歳のとき、一念発起して小説家を目指し、初めて書いた作品で新人賞を受賞することができ、ついには歴史小説を書く専業作家となったのです。

これまでの人生において、歴史小説から得たものは数知れません。同業者と比較しても、歴史小説の読書量に関しては誰にも負けないと自負しています。

そんな〝歴史小説マニア〟の視点から、歴史小説という文芸ジャンルについて掘り下げるだけでなく、小説から得られる教養の中身や、おすすめの作品までさまざまな角度から語り尽くしました。

この本をきっかけに歴史好き・歴史小説好きが増えてくれたらと願ってやみません。

今村翔吾

目次

第1章 歴史小説の基礎知識

第2章 歴史小説が教える人としての生き方

第3章 ビジネスに役立つ歴史小説

第4章 教養が深まる歴史小説の活用法

第5章 歴史小説を読んで旅行を楽しむ

第6章

歴史小説 創作の舞台裏

第7章 教養としての歴史小説ガイド

序章

人生で大切なことは歴史小説に教わった

人生を変えた『真田太平記』

思えば、もう30年近く前のこと。忘れもしない小学5年生の7月、私は初めて歴史小説に出会いました。

その日、母の買い物について奈良市にあるデパートに行った私は、その向かいにある古本屋の前で足を止めました。

その古本屋の軒先には、単行本のセットが積まれていました。そこで目にしたのが、**『真田太平記』（池波正太郎 著）**だったのです。

その瞬間、母に「買って！」とねだりました。それまで碌《ろく》に本を読まなかったので、母は「あんた、ほんまに読むんか？」と訝《いぶか》りました。

古本とはいえ、『真田太平記』の全16巻セットは、1万円くらいしました。母が二の足を踏んだのも、もっともです。

「ちゃんと読むから買って！」

日差しが強く、かなり暑い日だったと記憶しています。全16巻のひと揃《そろ》えが古本屋の軒先に積まれていた光景を今でも鮮明に覚えています。

家に帰ってからすぐに、拝み倒して買ってもらった『真田太平記』を、むさぼるように読み始めました。

それにしても、なぜ母とデパートに買い物へ行ったあのとき、『真田太平記』をほしがったのでしょうか。

実は作家になってからもよくわからないままだったのですが、それは恐らく私が関西に生まれ育ったことと関係しているように思います。

関西人は、今なお徳川家康へのうっすらとした嫌悪感を共有しています。特に京都では日本の首都を向こう（関東）に持っていった人、というマイナスイメージが根強く残っているのです。

私の祖父母の世代くらいまでは、日常会話の中で「**家康のせいでこっちの景気が悪くなった**」「**太閤さん（豊臣秀吉）のほうがよかったな**」と口にする光景が珍しくありませんでした。

関ヶ原の戦いの東軍・西軍の区分でいえば、完全な西軍びいき。多くの人が豊臣秀吉にシンパシーを抱いていて、豊臣家を助けた真田幸村はヒーローみたいな扱いをされていました。


祖父たちが「真田幸村はすごかったな」「あれこそ武士の鑑《かがみ》」みたいに会話をしていた内容が、自然と私の頭の中にすり込まれていたのでしょう。

だからこそ、古本屋の軒先で「真田」という文字を目にしたとき、直感的に面白そうだと思った。そんなことだろうと、我が事ながら推測します。

結局、夏休みの終わりを待たず、**たしか35日で『真田太平記』の全16巻を読破**。ページをめくっていくうちに、歴史に対する先入観が根底から覆《くつがえ》されたことを鮮明に覚えています。

「はじめに」でも触れたように、「歴史」というと、どうしてもとっつきにくいとか、難しいといったイメージがあります。小学生の私自身も、「歴史は年号を覚えていく退屈なものだ」と思い込んでいました。

ところが、『真田太平記』は、まったく違ったのです。小説には人間が描かれていて、歴史の中に人の息づかいを感じることができます。

「墾田永年私財法《こんでんえいねんしざいほう》」とか「武家諸法度《ぶけしょはっと》」といった文字面だけを見ると無機質な印象がありますが、**その裏には生々しい人間ドラマがある**という当たり前の事実に気づかされたのです。

もともと歴史的に有名な真田幸村の活躍を期待して読んだはずなのに、最終的に幸村の兄・真田信之が好きになったというのも意外な発見でした。

信之に惹《ひ》かれたのは、一つに自分自身が長男で、身近にやんちゃな弟もいたため、共感する部分が大きかったのだと思います。

関ヶ原の戦いでは、父の真田昌幸と弟の幸村は豊臣方に属しましたが、信之は徳川方に属しました。父と弟を自由にさせた一方で、自分は真田家を背負うという決断をしたのです。

幸村が大坂夏の陣で徳川軍を相手に命を落としたときの年齢は48歳。その後、信之は実に92歳まで生き続けています。父も弟も妻も失い、たった1人で家を守るために数十年を生き抜いたわけです。

しかも、信之は一度隠居をしたにもかかわらず、後継者争いを解決するためにカムバックして藩政を執っています。

90歳まで必要とされて家を守り抜く姿が、私にはとても魅力的に感じられました。

「家を守るって大変なことなんだ」

「生きるって大変だな」

「自分も最後まで必要とされる人間でありたい」

小5ながらに、そんな感想を抱いたのです。

歴史小説に没頭する日々

『真田太平記』を読み終わると、すぐさま同じ古本屋に向かい、池波正太郎の作品を買い求めました。小学生にして池波正太郎に耽溺する日々の始まりです。

池波作品をひと通り読破すると、今度は町の小さな書店の棚にある他の著者の歴史小説に片っ端から手を出すようにもなりました。

司馬遼太郎、藤沢周平、山本周五郎、海音寺潮五郎、吉川英治、山田風太郎、陳舜臣、北方謙三、浅田次郎、白石一郎、津本陽、戸部新十郎、池宮彰一郎……。挙げたらきりがありません。

古本屋はもとより、新刊書店でも目についた歴史小説の文庫本を購入。当時のこづかいのほとんどを歴史小説につぎ込むほどのハマりようです。

単行本は高価だったので、誕生日には新刊書を5冊くらいプレゼントしてもらっていました。

中学生になった頃からは、歴史小説だけでなく、祖父からもらった歴史の資料や歴史辞典まで読み漁《あさ》るようになりました。

幸いなことに、実家の近くには「国立国会図書館　関西館」という、東京以外では唯一の国会図書館があります。

近所の書店や図書館で手に入る本では飽き足らず、専門的な文献を探して、国会図書館にもしばしば足を運んでいました。

その頃は、とにかく歴史の本をずっと読んでいたいという気持ちが強く、手元に歴史の本がないと、それだけで不安になったくらいです。

振り返ると、中学・高校時代の95％、いや98％は歴史のことで頭がいっぱいだったと思います。もはやいっぱしの歴史オタク、歴史小説マニアです。

中学受験を経験した私は、京都南部の自宅から奈良県内の中高一貫校に通っていました。

学校までの道のりは、徒歩30分、電車30分、徒歩30分の計1時間30分を要します。もちろん、**文庫本を片手に、毎日読書をしながら登下校**していました。

今は歩きスマホが条例で禁止される時代ですが、当時は本を読みながら歩いても注意されず、むしろ二宮尊徳のように勉強熱心だと感心される風潮がありました。

毎日〝歩き文庫〟をしていた私は、いつの間にか片手でページをめくりながら読むという特技を身につけるようになりました。

文庫を読みながら悠々とクルマを避け、電信柱を回避しながら、往復3時間の読書を楽しんでいたのです。

高校生の頃は髪を金色に染め、耳にはピアスを開けていました。どちらかというと、ヤンチャな風貌の若者が、電車内で司馬遼太郎の『峠』のような大部《たいぶ》の歴史小説を読んでいたのです。

かなり異様な光景だったはずですが、**「兄ちゃん、それおもろいやろ」「こっから、もうちょっとでおもろなるぞ」**などと声をかけてくるおっちゃんが2、3人はいたものです。

関西人特有のフランクさもありますが、イカツイ高校生に声をかける抵抗感より、本の面白さを共有したいという感情のほうが強かったのでしょう。

令和の今、電車に乗ると乗客のほとんどの人がスマホとにらめっこをしています。

ところが先日、私が電車に乗ったとき、偶然にも『真田太平記』を読んでいる男子高校生を見つけました。

思わず、あのときのおっちゃんのように声をかけてしまいました。

「**ちょっとごめん、君、『真田太平記』読んでんねんな！**」

顔を上げた少年は、突然の事態におどおどしながら答えます。

「は、はい……」

彼の困惑などお構いなしに「**この先、ちょっと面白くなるから楽しみにしとけよ！**」と畳みかけたら、「は、はい。わかりました」と答えていました。

大人になった今では、かつて私に声をかけてきたおっちゃんたちの気持ちがよくわかります。

好きが高じて小説家を志す

中高生の頃は、歴史以外の本を読んだ記憶がほとんどありません。

直木賞を受賞した作家の作品を網羅するだけでなく、一度だけ直木賞候補になった作品や、世間的には無名の作家の作品まで、歴史小説に分類される作品はことごとく読み漁りました。

読めば読むほど読書のスピードは速くなっていきます。面白い本がもたらす没入感にはすさまじいものがあり、小説を読んでいる間は時が経つのも忘れていました。

本を読むだけでなく、各地の城跡や史跡をめぐる旅を始めたのも中高生の頃です。

1998年、長野県上田市に**「池波正太郎真田太平記館」**が開館しました。池波正太郎と『真田太平記』の魅力を伝える施設であり、池波先生の取材ノートや遺愛品などが展示されています。

その年、「今度の家族旅行、どこがいい?」と父に聞かれた私は、「上田に行きたい」と即答。京都の自宅から上田市まで、クルマで連れて行ってもらいました。記念館の展示はもとより、小説で読んでいた上田城を目の当たりにして大興奮だったのは、懐かしい思い出です。

2000年には関ヶ原合戦400年の記念イベントが岐阜県で行われ、このときも親を拝み倒して、連れて行ってもらいました。

「関ヶ原500年記念があっても、もう俺は生きてへん。400年の記念は今しか行けない。だから連れて行ってくれ！」

そのとき手に入れた冊子やパンフレットは、今も大切に書斎に残してあります。

家族で旅行するだけでなく、休日に1人で電車に乗り、山城《やまじろ》を目指すようなことも始めました。

たとえば、奈良県には戦国時代に松永久秀という武将が本拠地とした信貴山《しぎさん》城の城跡があります。小説を通して知った歴史の舞台を歩くのは、なんともワクワクする体験でした。

歴史小説からスタートして歴史が好きになり、城や史跡が好きになり、物語も好きになることができました。小説家を目指したのも、あのとき『真田太平記』と出会ったからです。

中学生の頃、あまりに歴史小説を読みすぎて、ふとこんな不安が頭を過ぎりました。

「**このままのペースでいったら、読む本がなくなってしまうかも……**」

現実にはそんなはずがないのですが、どうしても焦燥感が拭えませんでした。

当時、追いかけている作家が何人かいたのですが、自分が読むスピードに比べると、新刊が発表されるペースはあまりに緩慢に感じられたのです。

そうこうするうちに、愛読していた高齢の先生方が、1人また1人と他界していきます。

切羽詰まった挙げ句、出し抜けに思いついたのが「**それなら自分が書こう**」というアイデアでした。

「小説を書きたい」という想いは、日ごとに募っていき、高校生の卒業アルバムの「将来の夢」の欄に「小説家」と書くまでになっていました。

人生に必要なことは歴史小説から学んだ

とはいえ、すぐに小説を書き始めたというわけではありません。熱心な読者のまま高校・大学を卒業した私は、ダンス・インストラクターの道を歩み始めました。

ダンスの仕事に就いたのは、父の影響です。

小学校の教師をしていた父は、あるとき教師を辞めてダンススクールを主宰し、ダンスを通じて青少年をサポートする活動を始めました。ちょうど私が歴史小説に没頭している頃のことです。

父の説得を受け、そこでダンスを教えるようになりました。本音をいうとダンスは好きではなかったのですが、子どもたちと向き合う時間は好きでした。

「小説家になりたい」という夢は持ち続けていましたし、子どもたちにその夢を語ったこともあります。けれども、なんとなく小説家になるのは年をとってからでもいいと考えていました。

結局、1行も書かないまま、気がつけば20代が終わろうとしていました。

30歳になった年の秋、転機が訪れます。

その日、家出をした教え子を迎えに行った私は、クルマで連れて帰る道中、彼女に「将来、なんかしたいことはないんか？」と問いかけました。

返ってきたのは「あるけど、別にいい」とそっけない答え。よくよく聞くと、専門学校で学びたいことがあるけれど、お金もかかるし家族に迷惑をかけたくないと考えているらしいことがわかりました。

自暴自棄に振る舞う彼女を、もっともらしい言葉で説得します。

「奨学金だってあるやろ」

「簡単に夢を諦めるなよ」

私の語りかけがよほど鬱陶しかったのでしょう。彼女は私をにらみつけると、こう冷たく言い放ちました。

「翔吾君だって夢を諦めてるくせに！」

そのひと言には衝撃を受けました。まったくその通りだったからです。

私は夢が叶わないことを恐れ、一歩も踏み出さないまま、「まだ小説家になるのは早い」などと自分に言い訳をしていました。子どもに「夢を諦めるな」などと説教をする資格はありません。

その日、ひと晩中眠らずに考えた私は、ダンス・インストラクターの仕事を辞め、教え子たちに「**30歳からでも夢が叶うことを、残りの人生で証明する**」と宣言し、小説家への道を歩み始めました。

夢を実現するにあたり、「歴史に携わる仕事がしたい」という想いもあり、昼間は滋賀県守山市で埋蔵文化財調査員として働きながら、夜は寝る間も惜しんで執筆に励みました。

幸いなことに初めて書いた小説と2作目が立て続けに文学賞を受賞し、2017年に『火喰鳥《ひくいどり》　羽州ぼろ鳶《とび》組』で作家デビューを果たすことができました。

この作品を書くきっかけは、「九州さが大衆文学賞」の受賞式で選考委員の1人である北方謙三先生とお話をする機会をいただいたことです。

北方先生は、同席していた編集者に「この人は長編が書ける。騙されたつもりで書かせてみるといい」とおっしゃったのです。

続けて北方先生は私に「**作家を本気で目指すならば、1作に半年もかけていてはいけない。3か月で書き上げないと。できるか?**」と問われました。

直感的に「試されている」と思った私は「ひと月で十分です」と答え、必死で机に向かい、1か月で作品を書き上げました。それが『火喰鳥　羽州ぼろ鳶組』という作品だったのです。

そして2022年、『塞王の楯』という作品で、作家生活5年にして直木賞を受賞することができました。

そう書くと、もともと才能がある天才型の作家のように聞こえるかもしれませんが、実際には違うと思います。小5の頃からひたすら歴史小説を読み続けてきた経験が訓練代わりになり、作家としての素地が養われたのでしょう。

今の私は**毎朝7時に起床し、夜中の2時、3時まで執筆をする生活**を送っています。ハイペースで新作を刊行できるのも、青年期にどっぷり歴史小説を読み込んできたからこそです。

あらためて考えると、私は趣味から職業に至るまで人生に必要なものの大半を歴史小説から受けとってきました。

歴史小説がなければ、今の自分はなかった。

心底、そう思えるのです。

日本人の考え方・生き方が凝縮されている

歴史小説の大きな魅力の一つは、過去とのつながりを意識できるところです。一般的な小説は、書き手の想像にもとづいたフィクションです。一方、歴史小説にも当然フィクションの要素はあるものの、過去に存在した人物、もしくは今も失われていない日本人の考え方や生き方が描かれています。

「私の先祖は、こんな生活をしていたんだ」

「300年前くらいに、本当にこんな時代があったんだ」

「昔の人って、こんなふうに考えていたんだな」

そうやって**今の自分を省みるきっかけ**になるのです。

たとえば、私は中学時代、歴史小説を読んで登場人物がアワ（粟）やヒエ（稗）を食べている描写を読み、どうしてもアワとヒエを食べてみたいと思い、祖母にお願いしたことがあります。

「おばあちゃん、アワとヒエを食べたい」

祖母は「そんなもん食べてどうすんねん？」と文句を言いつつ、アワとヒエを炊いて食卓に出してくれました。

ひと口食べてみると、意外なほど普通に食べることができます。

「そんなにマズくないね」

祖母に、そう感想を伝えたら一喝されました。

「そんなん、毎日白いご飯食べて、たまに食べるからや！　こんなぼそぼそするもん、毎日食べてたら嫌になるに決まってるやろ！」

こんなふうに実際に体験しないまでも、想像レベルで過去と現在の比較はできます。過去と比較して、「今の僕らは幸せだな」「今も昔も変わらないな」「もしかして、今のほうが悪くなっているかも？」などと考えることができるのです。

歴史小説というと、小説の中でも狭いテーマを扱うジャンルだと思われるかもしれません。しかし、**過去を遡《さかのぼ》ることで、むしろ人間を幅広く描くことが可能なジャンル**でもあります。

歴史小説には日本人の考え方や生き方の変遷が凝縮されています。読者がそれをかいつまんで読めるところに強みがあるのです。

作家は歴史の〝コンシェルジュ〟

ひと昔前まで、日本では歴史や歴史小説について話題にする機会が多かったように感じます。

「関ヶ原の戦いって、どうやっていたら西軍が勝てたと思う?」

「信長って実際のところ評価できるの?」

昭和の時代は、こんな会話が居酒屋レベルでも交わされていました。

特に、高度成長期には歴史小説を読むのが社会人の嗜《たしな》みとみなされる風潮もあったそうです。

「君は、司馬遼太郎の新作を読んだか?」

「はい、読みました」
「では、感想を聞かせてくれないか?」
このように、歴史小説がゴルフ並みに社交のツールとして機能していたのです。

かつて政治家の愛読書といえば、**『坂の上の雲』『竜馬がゆく』**(ともに司馬遼太郎 著)などが定番中の定番であり、理想の政治家に「上杉鷹山《ようざん》」を挙げる発言もよく聞かれました。

上杉鷹山はアメリカの元大統領であるJ・F・ケネディやビル・クリントンが、「最も尊敬する日本人政治家」と語っていたことでも知られています。

政治家の多くが歴史の教養を共有し、史実を引き合いに政策を訴えることを自然に行っていました。たとえば、小泉純一郎元首相は、内閣発足後の最初の所信表明演説で「**米百俵の故事**」を引用しています。

『米百俵』は作家の山本有三が戯曲として書き下ろした作品です。
明治の初期、厳しい財政難にあえいでいた越後・長岡藩に、支藩の三根山藩から米百俵が届けられました。食うや食わずの藩士は、これで飢えをしのげると喜びました。

しかし、長岡藩の大参事である小林虎三郎は、米百俵を学校設立の資金に当てました。その結果、この学校から優秀な人材が輩出され、日本の近代化に大きく貢献することとなったのです。

小泉元首相は、このエピソードを引用した上で、今の痛みに耐えて明日を良くするために改革を進めようと訴えたのです。


ところが、今はどうでしょう。

仮に今、「縄文時代」「弥生時代」から始まり「令和」に至るまでのプレートを作成し、街ゆく若者に「これを古い順番に並べ替えてください」と依頼したならば、正解者は100人中数人ではないでしょうか。

私自身、講演で学校を訪問する機会が多いのですが、想像以上に歴史を知らない子どもが増えているのを実感します。

経営者や政治家が歴史小説や歴史について語る場面もめっきり少なくなっています。中高生でも歴史小説の愛読者は、マニアックな扱いをされているはずです。

この現状は、歴史小説の書き手の1人として忸怩《じくじ》たる思いがあります。

歴史小説に代わり、若者と歴史をつなぐ役割を担っているのはゲームといえるでしょう。織田信長や豊臣秀吉は、ゲームキャラクターとして人気を誇っています。

歴史好きの立場からいえば、ゲーム業界の貢献は本当にありがたいと感じています。ゲームをきっかけに少年少女が歴史に興味を持ってくれたら嬉しい限りです。ただ、現実にはゲームと歴史には懸隔《けんかく》があるように思えてなりません。

ゲームが描く歴史は改変の度合いが大きすぎるがゆえ、歴史好きへとスムーズに誘導しにくいのです。

世界的に見て、自国の歴史さえ知らない国民というのは、相当不思議な存在です。日本は長い歴史を有する国で、アメリカなど歴史の浅い国の人たちから羨ましがられるくらいです。せっかく長い歴史があるのに、それを知らない、そこから学びとれていないというのは、国家的に大きな損失ともいえるでしょう。

私は、**歴史小説が歴史好きを生み出す橋渡しになり得る**と考えています。

たとえば、どうして明治維新が起きたのかというのを、歴史の教科書を読むだけで理解するのは至難の業です。そこで親切なガイド役となり得るのが小説です。

小説には魅力的な主人公がいて、主人公が水先案内人を務めてくれます。水先案内人に従い、一緒に歩いていくことで、その時代にタイムトラベルしたような視点で歴史の出来事を理解できるということです。

小説の主人公が水先案内人だとすれば、**作家は歴史のコンシェルジュ**のようなもの。ホテルの優れたコンシェルジュは、客のリクエストに応じておすすめの観光スポットやレストランを紹介してくれたり、観光プランを作ってくれたりします。

同じように、歴史作家は歴史の一部を独自の視点で切りとり、物語に仕立てて「こんな面白い歴史があるよ」と提示してくれる存在です。教科書を淡々と読むのと比べて、間違いなく興味を持ちやすく、理解もしやすいはずです。

しかもコンシェルジュによって観光プランが異なるように、歴史小説家はそれぞれ異なる歴史の見方を提案しています。読者は好きな観光プランを選ぶような感覚で、本を手にとることができるのです。

歴史小説と自己啓発は相性がいい

書店の棚には「自己啓発」と呼ばれるジャンルがあります。スキルアップやキャリアアップを目的に読む本であり、仕事のハウツーを扱った本や生き方を指南する本などが並んでいます。

私自身、自己啓発の本を手にとることがあるのですが、実は**歴史小説と自己啓発は相性がいい**と思っています。

自己啓発は、どちらかというと西洋医学や栄養ドリンクに近いイメージであり、即効性が大きな特徴です。

読んで2、3日は「よっしゃー、やったるぞ！」とモチベーションが上がりやすい。ただ、4日目以降はモチベーションがゆるゆると下降し、得てして記憶に残る教えは一つか二つだけになりがちです。

制作者側はそれも織り込み済みであり、特に心に刺さった一つか二つを実行できれば元はとれるという発想でできているのが、自己啓発書ともいえるでしょう。

一方で、**歴史小説には漢方薬的な良さ**があります。

読んだ瞬間はピンと来なかったり、すぐに習慣を変えられたりするわけではないのですが、長い目で見れば読む前と後では確実に変化が起きていて、読み続ければ人生を大きく変えることもできます。


自己啓発書と歴史小説を合わせて読めば、より人生が変わりやすくなる効果を得られます。どちらも似たような教訓にあふれているからです。

たとえば、歴史小説を読んだ後に自己啓発書でなにかのメッセージを読むと、「これって武田信玄が言っていたことと同じだ」と気づくことがあるのです。

さらに別の自己啓発書を読むと「この社長、徳川家康と感覚が似てるな」といった発見が連鎖していきます。

それぞれ単独で読んでいたときよりも〝腹落ち度合い〟が大きく、学びを行動に移しやすくなるのです。

特に**歴史小説は、過去の失敗事例を数多く提示**しています。

過去の成功事例から学ぶだけでなく、失敗事例からのリカバリー方法も学ぶことができるわけです。しかも、成功や失敗に至る過程を物語仕立てで、わかりやすく教えてくれます。

自己啓発書で成功のキーワードをインプットし、歴史小説で偉人の生き方や発言を通して血肉化する。この二つの作業がマッチしたとき、自分の座右の銘ができたり、生き方の基準が見つかったりします。

ですから、**自己啓発書と歴史小説を並行して読むのは、理想的な読書法**なのです。

本を読むと教養が身につく

歴史小説を読むと、人生に必要な教養が身につきます。ただ、欲をいえば、歴史小説以外にも、たくさんの本を読んでおくのが理想です。

私は以前、日本テレビ系『クイズ！あなたは小学5年生より賢いの？2時間SP』

に出演して、全11問すべて正解し、賞金300万円を獲得した経験があります。

正直にいうと、後半の4問はまったく答えがわかりませんでした。

たとえば、これが10問目に出た理科の問題です。

次のうち、属する属名と果物名が合っているものを一つ選びなさい。
A：ブドウ属マスカット、B：イチゴ属キイチゴ、C：リンゴ属ナシ

当てずっぽうで答えたら確率は3分の1ですが、私は読書で得たさまざまな知識を組み合わせて、仮説を立ててみました。

「うーん、イチゴ属キイチゴというのは、伝来の時期が別な気がするなぁ」

「ナシは千葉とか茨城の生産量が多かった気がするけど、リンゴで有名なのは青森とか長野。気候が違うんじゃないか」

「そういえば、何かの本でマスカットもブドウも同じ地方、同じ土で栽培できるって書いてあったような……」

そんな断片的な知識を組み合わせて「A：ブドウ属マスカット」という解答を導き

出し、見事正解できたのです。

本は1冊だけから学びとるものではなく、複数冊の知識が重なることで、雪だるま式に効果を発揮します。

「あの本に書いてあった話は、この本のここにつながるのか」
「あの著者の考えを応用すれば、この出来事はこう解釈できるはず」

こんな具合に、たくさんの本を読んで得た知識が、ある地点を境に爆発して教養へと変わるときがやってきます。

私は、教養のある人が格好いいと言われる世の中であってほしいと望んでいます。もちろんイケメンやスポーツができる人は格好いいですが、それと同じくらい教養のある人が評価されてもよいはずです。

教養の利点は年をとっても高めることができ、かつ衰えを知らないところです。

本を読めば読むほど、教養は連鎖的に深まっていきます。だから、読み続ければ、必ずいいことが起きます。

ところで、歴史小説には大部の作品が多いので、手にとる前から「読む時間がとれない」「タイパが悪そう」と心配する向きがあります。

タイパとは時間対効果を意味する「タイムパフォーマンス」の略語。若い世代にはタイパ至上主義が蔓延《まんえん》していて、映画を倍速で視聴したり、あらすじを聞いて満足したりする行為が日常化しています。

読んだことがない人からすれば、この上なく歴史小説はタイパの悪いコンテンツに思われるかもしれません。

しかし、本当に時間を有効活用したいなら、**歴史小説ほど時間投資に良いコンテンツは、そうそうない**と思います。

若いときに知の基礎体力をつけておかなければ、後になって息切れするのが目に見えています。

知の基礎体力をつけた人は、30代、40代、50代以降になっても直面した壁をなんとか乗り越えられるようになります。つまり、**学びに費やした時間は、後からいくらでも回収できる**のです。

ですから、目先の5分、10分を惜しまないほうがいいです。若い人ほど「急がば回れ」の精神で歴史小説に触れてほしい。

もちろん、何歳からでも学ぶのに遅いことはありません。60歳から歴史小説を読み始めても大丈夫です。

今は紙の本だけでなく、電子書籍やオーディオブックでも読書ができる時代です。トイレでもお風呂でも、寝る前にたとえ10分でも本を読む習慣をつけ、それを積み重ねれば5年、10年後に、圧倒的な教養が身につくはずです。

分厚い作品を手にしても、何も恐れる必要はありません。面白い作品なら、本当にあっという間に読み終わります。むしろ、読み終わるのが悲しいと思うくらいです。

とにかく騙されたと思って、まずは歴史小説を手にとってみてください。

歴史小説の読者は男性が多い!?

歴史小説には男性読者が多いというイメージがあります。

実際に書店の売上データからも、男性読者が圧倒的に多い傾向が明らかになっていて、いかに女性読者を増やすかが業界の長年の課題となっています。

ただ、そんな中でも女性ファンから支持を集めている書き手もいます。代表格が高田郁《たかだかおる》先生であり、実に読者の8割が女性で占められているといいます。本当にその女性ファンたちがどこにいるのか教えてほしいくらいです。

高田先生の例を見る限り、女性は決して歴史・時代小説を読まないわけではないですし、女性が好きな作品も存在することがわかります。

しかも今は、どちらかというと歴史小説に限らず文芸のジャンルで女性作家の活躍が目立ってきました。もともと永井路子や平岩弓枝など、人気女性作家が存在していましたが、ここにきて才覚あふれる女性作家が増えているように感じます。彼女たちが新しい女性読者を開拓していくのは間違いないでしょう。また、女性に支持される作品に歴史・時代小説の新たなヒントがあると考えています。

そういう私自身はというと、嬉しいことに最近は女性読者が増えつつあります。デビュー当時は7：3とか8：2の割合で男性読者が多かったのですが、現在では5・7：4・3くらいまで差が詰まってきています。

性を問わずに楽しめる作品を書きたい。そう思いながら頑張っています。

第1章

歴史小説の基礎知識

「歴史小説」と「時代小説」の違い

この章では、歴史小説という文芸ジャンルについて、いろいろな角度から解説していきたいと思います。

まず、そもそも「歴史小説」とはいったいどういうものなのでしょう。歴史小説の定義はさまざまあり、どれが正解とも言い切れません。

ただ、簡潔にいうと、歴史小説とは「**歴史的な事件や人物をテーマにして、史実をもとに書かれた小説**」のことです。

ここで読者の中には、こんな疑問を抱く人がいるかもしれません。

「『時代小説』というのも聞いたことがあるけど、歴史小説とどう違うの？」

実は、あえてここまで時代小説という言葉を出すのを避けていましたが、実は歴史小説と似たジャンルに時代小説があります。

時代小説とは、古い時代の事件や人物を素材とした小説を意味します。そう聞くと「同じじゃないか」と思われそうですが、歴史小説が史実を重んじるのに対して、時代小説は単に過去の時代を背景にしているという違いがあります。

別の言い方をすれば、時代小説はフィクション性がより強く、その時代を生きた人と人との関わりを濃密に描く傾向があります。

私が二つの小説の違いを尋ねられたときには、「ごく簡単に言い切れば」と断った上で、「**大河ドラマのようなものが歴史小説で、『水戸黄門』のようなものが時代小説**」と答えています。なんとなくイメージがつかめたでしょうか。

もともと歴史小説と時代小説は、ほとんど同じものとされていました。

戦後間もない頃まで歴史小説・時代小説の区分はあいまいで、どちらとも分類できない作品や、両方を執筆する書き手もたくさんいました。歴史を題材にした小説をひっくるめて、歴史小説とか時代小説と呼んでいたのです。

しかし、あるときから急に少しずつ両者が分かれ始め、いつの間にか歴史小説の書き手と時代小説の書き手が別物と分類されるようになりました。それぞれが専業化していき、いずれか一方しか書かない作家が増えてきたのです。

戦後に活躍した作家の中で、歴史・時代の両方で成功した書き手は池波正太郎くらいだと思います。池波作品を例に挙げれば、**『真田太平記』は歴史小説**、**『鬼平犯科帳』や『剣客商売』は時代小説**ということになります。

司馬遼太郎は初期作品こそ時代小説の雰囲気がありましたが、中期以降は完全に歴史小説に特化していますし、藤沢周平は完全に時代小説に特化しています。

山田風太郎は時代小説寄りで、陳舜臣や宮城谷昌光は歴史寄り。髙田郁、佐伯泰英といった書き手は時代小説で、天野純希、木下昌輝、澤田瞳子は歴史小説。こんな具合に、どちらかに寄る傾向が顕著となっています。

私自身は、中高生の頃、両者のごちゃまぜ時代の書き手にどっぷり耽溺したおかげで、歴史小説と時代小説の違いをあまり意識しないまま、プロの書き手となりました。

結果的に、今では珍しい歴史小説と時代小説の二刀流になっています。

過去の作品でいうと、『童の神』『八本目の槍』『じんかん』などは歴史小説に、『羽州ぼろ鳶組』や『くらまし屋稼業』シリーズは時代小説に分類されます。

もしかすると、歴史小説と時代小説の違いは、お笑いでいうところのピン芸（単身での活動）と漫才の違いのようなものかもしれません。

お笑いの世界では漫才に特化している芸人さんもいれば、ピン芸に特化している人もいます。ただ、ときどき漫才コンビの1人がピン芸を披露したり、ピン芸人がユニットを組んでM－1グランプリにチャレンジしたりすることもあります。

私にしてみれば、「ああ、今日の池波先生はピンでやっている」「今日はコンビで出ている」という感覚で池波先生の作品に親しんできたので、特殊な訓練を経なくても両方できるようになりました。


業界内では歴史・時代の区分は明確ですが、一般の読者が両者を厳密に区分しているわけではありません。新聞やテレビなどでは歴史小説を「時代小説」ということもありますし、その逆もあります。

そこをあえて私たちが否定するべきものでもないですし、**厳密な定義にこだわる必要もない**と考えています。

この本では、話をわかりやすくする便宜上、基本的には歴史小説と時代小説を合わせて「歴史小説」と記述することにします。

歴史小説がテーマとする「歴史」

では、歴史小説がテーマとする「歴史」は、いつまでを指すのでしょうか。

10年ほど前までは、大正時代までが歴史小説と現代小説の境界線という解釈が一般的だったように思います。出来事でいえば、日露戦争や第一次世界大戦、関東大震災くらいまでが歴史小説の範疇《はんちゅう》という感じです。

しかし最近、特に**令和以降は、昭和期の太平洋戦争を扱った作品も歴史小説とみなされる**ようになってきました。

それまで太平洋戦争を描いた小説は、「戦争小説」という別ジャンルに括《くく》られていましたが、徐々に歴史小説に吸収された印象があります。

いよいよ昭和も歴史になったわけです。

その意味では、ゼロ戦の特攻パイロットを描いてベストセラーとなった『永遠の0』（百田尚樹著、講談社文庫）も歴史小説といえるのでしょうし、このペースでいけば、令和が終わる頃には平成時代が歴史小説の範疇になっている可能性さえあります。

けれども、私の予想では平成という時代はいつまで経っても歴史小説の雰囲気を持たないような気がしています。というのも、日本という国や日本人を大きく変えた出来事がいくつかある中で、史上最大の変化が起きたのは第二次世界大戦後だと考えているからです。

私は戦後の歴史を「**新日本の歴史**」と捉えています。だから、戦後の史実に基づいた小説は新歴史小説ではあるけれど、オーソドックスな歴史小説とは別物であるように思うのです。

日本の歴史を時系列で見ていくと、「この出来事があったからこうなってきた」というつながりを発見できます。しかし、第二次世界大戦後、ＧＨＱ（連合国軍最高司令官総司令部）の占領時代の頃から、そのつながりは断絶したように見えます。占領期間以降の日本は、良くも悪くも日本人が日本人らしくなくなる時代に突入しています。

つまり、現在は猛烈なスピードで歴史小説のイメージが変貌しつつある状況ともいえます。大正期の人が、歴史小説を「祖先の物語」として身近に感じていたのに対し、近未来の人は、異世界の物語として受け止めるようになっている可能性があります。

将来的には、自分たちの先祖の話であるにもかかわらず、失われた国を観察するような感覚で歴史小説を読むことになるのかもしれません。

「歴史小説」と「歴史書」は別物

これから本格的に歴史小説を読もうとする人に注意してほしいのは、**小説と歴史書は別物**だということです。

歴史小説家は、あくまでも物語を楽しんでもらいながら、知らない間に歴史が好きになり、歴史の知識を身につけてくれたら嬉しい、というくらいの思いで作品を書いています。

「歴史を学べ、もっと知れ」と思っているとしたら、その書き手は正しく歴史小説を書けていないとさえいえます。

同業者の悪口はあまり言いたくないのですが、実際に「俺はこれだけ調べたぞ」と言わんばかりに、調べた情報をすべて盛り込もうとする書き手がいます。

物語の本筋とは無関係の情報なのですが、調べた苦労を思うと披露せずにはいられないのでしょう。

「実は、このときの○○の妹は後に□□となり、90歳まで生き延びることとなるが、これはまた別の話である」

こういった記述は、**読者に対するただの押しつけ**です。

押しつけがましさを回避しながら歴史の知識を伝え、次の作品を読みたくなるように誘うのが歴史小説家のテクニック。このジャンルの入口を担っている書き手の1人として、それを忘れないように作品を書いていますし、それができている書き手の本を読んでほしいのです。

話を元に戻します。

歴史と歴史小説の違いを語るときに、避けて通れないのが司馬遼太郎という作家の存在です。司馬遼太郎は戦後を代表する国民的作家の1人であり、作品を通じて提示した歴史の見方は「**司馬史観**」と呼ばれます。

たしかに司馬遼太郎が描いた作品には、フィクションの要素や現在の研究では間違いとされていることが多いのは事実です。ただ、司馬遼太郎があまりに読書界を席巻したがために、彼の描く歴史が本当の歴史だと考える人をたくさん生み出してしまいました。

平成に入った頃から、その反動で歴史家の間で司馬史観を批判する声が高まるようになります。ネットの普及とともに、さらに個人の読者からも「司馬遼太郎が書いたことを信じているなんておかしい」といった発信が行われるようになりました。

司馬遼太郎が非難され、貶《おとし》められる時代が始まり、今でもその論調が完全に下火になっていないのが現状です。

しかし、私自身はそれを**不当なバッシング**だと考えています。

みんなが勝手に司馬遼太郎を歴史家のように持ち上げたのであり、本人は自らの学説が正しいと主張したことなど一度もありません。

東京大学史料編纂所教授の本郷和人氏は、「司馬遼太郎を批判する歴史家は多いけれど、仮に彼が歴史家になっていたら、彼を批判する歴史家よりももっと素晴らしい研究成果を残していたはずだ」といったことを語っています。

その通りであり、**司馬遼太郎は娯楽作家としてエンターテインメントを追求しただけ**なのです。結局のところ、どんなジャンルでも傑出《けっしゅつ》しすぎると叩かれるのが運命なのでしょう。

実は私自身、歴史小説を書いていて、学者の方から批判を受けることがあります。代表的なのが、「平安時代の人は、こんな言葉を話していなかった」という指摘です。

では、本当に小説で平安時代の話し言葉をリアルに再現したらどうなるでしょうか。読者はまったくついてこられないでしょうし、すぐに本を投げ出すに違いありません。

小説家は、歴史の案内人としてわかりやすく伝える工夫をしているのです。工夫を怠って「読める人だけ読めばいい」という文章を書いている限り、歴史ファンは一生増えないでしょう。

歴史小説をきっかけに、広義の歴史好きが増えていくからこそ、その母体から本格的な研究者も生まれるわけです。それなのに、歴史家が歴史小説家の揚《あ》げ足をとっていたのでは、研究を志す人が増えないのも当然です。

歴史小説家と歴史家を対立軸で捉える向きが少なくないのですが、それは大きな間違いです。

史実を確定していくのが歴史家の仕事であり、**史実の見方を提示するのが歴史小説家の仕事**です。

両者は対立などしなくても、お互いに協力しながら共存できるはずです。

これは現実の警察官と警察小説を書く作家の関係を考えればよくわかります。

警察小説に書かれている物語には、事実もあれば脚色されたエピソードもあります。現職の警察官からすれば「いやいや、それは盛りすぎでしょ」とツッコみたくなる部分も多々あるはずですが、警察官が警察小説の書き手を名指しで批判したという話を聞いたことがありません。

警察官は、警察小説をエンターテインメントとして理解し、許容しています。

小説家が提示するのは一つの見解です。その中には想像や脚色も多分に含まれています。読者は、あらかじめそういうものだと理解した上で読む必要があります。**創作だとはわかっていても、それを忘れてしまうくらいに引き込まれてしまうのが優れた歴史小説**であり、司馬遼太郎はそのレベルの作品を残したということなのです。

歴史小説の誕生期

さて、ここから〝歴史小説の歴史〟について見ていきましょう。

厳密にいうと、歴史小説と時代小説の成り立ちは異なります。諸説ありますが、**歴史小説が始まったのは、明治の終わりから大正期頃**とされています。

たとえば、明治後期には塚原《つかはら》渋《じゅう》柿《し》園《えん》という作家が、新聞に歴史小説を連載していたという記録が残っています。

著名な作家でいえば、大正期以降に森鷗外や島崎藤村といった人たちが歴史を題材とした作品を発表しています。

特定の個人が開始したというより、同時多発的に始まったムーブメントといえるでしょう。

江戸時代以前にも『平家物語』や『三国志』など、歴史を語る物語は存在していました。しかし、これらは「**軍記物**」と呼ばれるジャンルであり、武将の武勲や武功に焦点を当てている点で、現在の歴史小説とは別物とみなすのが一般的です。

一方、**時代小説は、講釈（講談）を源流としている**と考えられます。講釈は江戸時代に確立された、軍記物や仇討物などのストーリーを観衆に向けて読み上げる芸能です。

たとえば、講釈で「忠臣蔵」のストーリーを語っていたものが、印刷文化の普及にともない「紙に書き起こせるなら本にすればいい」と気づいた人たちが登場し、小説を書くという文化が徐々に広まっていった。

恐らく、こんな流れで時代小説が誕生したと推測されます。

歴史小説に先行して、明治期には時代小説のブームが起き、「髷物《まげもの》」と呼ばれる大衆小説が読まれるようになりました。髷物とは、男性が髷を結っていた時代を舞台にした小説や演劇、映画などの総称です。

この時代には村上浪六《むらかみなみろく》などが任侠の世界をモチーフとした「撥鬢《ばちびん》小説」を発表し、一世を風靡《ふうび》しました。大正期に入ると中里介山《なかざとかいざん》の長編小説『大菩薩峠《だいぼさつとうげ》』が大人気となり、時代小説の人気を不動のものとしています。

時系列で整理すると、**時代小説がブームとなっているところに、急に歴史小説が立ち上がった**ようなイメージです。

そして、昭和の初め頃から子母沢寛《しもざわかん》、直木三十五や吉川英治《よしかわえいじ》といった黎明期の書き手が台頭していったのです。

現代では廃れてしまった「列伝物」

ところで、歴史小説には「**列伝物**」というジャンルが隆盛した時期があります。

時期でいうと、吉川英治が登場した昭和初期から、司馬遼太郎が登場した昭和30年代の中間くらい。やや吉川英治寄りの時代に盛んに発表され、今ではほとんど顧みられなくなった表現形式です。

説明するのは非常に難しいのですが、あえてひと言でいうと「**ウィキペディアの解説文に、少しだけ物語性を加えたもの**」という感じでしょうか。

織田信長でいえば、「天文三年、尾張の国に生まれ、幼名を吉法師《きっぽうし》といった」という具合に始まり、家族構成などを淡々と記す解説文が基調となります。

そうかと思うと、「大うつけだといわれたが、これは誇張しすぎだろう」などと作者の感想が入ったり、「信長はその時灰を摑み投げ、『なぜ死んだ』と言ったらしい」というセリフが入ったりもします。

その意味ではエッセイや小説の風味も少しだけ味わえるのです。

この列伝物のスタイルを得意としたのが海音寺《かいおんじ》潮五郎《ちょうごろう》という作家です。彼は『武将列伝』や『悪人列伝』といった作品で多数の人物伝を書き残し、このジャンルの先鞭をつけました。

列伝物は歴史の基礎知識を叩き込むには、けっこう便利な本といえます。プロの作家が上手に偉人の業績をまとめてくれているわけですから、〝面白い教科書〟を読むような感覚で知識が身につきます。

私も少年時代にはこのジャンルを愛読し、そこから多くの知識を学びました。たとえば、足利尊氏に仕えた武将である高師直《こうのもろなお》という名前は列伝物を読んで知ったと記憶しています。

列伝物は、こうした教科書には載らないレベルの偉人を扱っているので、とても重宝しました。

現役作家で強いて挙げるなら、宮城谷昌光先生が若干この流れを継承しているかもしれません。宮城谷先生の作品には、物語性がしっかりありながらも、列伝物の香りをほのかに感じます。

しかし、今では列伝物というジャンルは完全に廃《すた》れてしまっています。いまだに根強いファンはいるものの、もはや商業ベースでは成立しにくいのが現状です。大家である海音寺潮五郎の作品でさえ軒並み絶版となっており、手軽に読めないのです。

では、なぜ列伝物は廃れてしまったのか。恐らく**最大の理由は歴史好きが減ったこと**にあります。

列伝物は、冊数を重ねていくうちに効率的に読めるようにできています。基礎知識が積み上がっていくので、すでに頭に入っている情報は省略できます。

けれども時代の経過とともに、歴史の基礎知識を有する人の絶対数が減ってきました。そうなると列伝物の退屈さが際立つようになります。結果として、だんだん敬遠されてしまったのではないかと思うのです。

たとえるなら、列伝物の書き手は素材の味を重視する、昔気質《かたぎ》のシェフのようなもの。お皿にカットしたトマトを載せただけでも提供できる潔さを持っていました。

でも、今はそれではお客さんを呼べません。トマトのヘタをとり、カットして、ドレッシングをかけないことには食べてもらえない時代になったということです。

1990年頃から、童門冬二《どうもんふゆじ》先生が歴史や武将をテーマにした入門書的なビジネス書を発表し、多くの読者を獲得しました。

それは列伝物の完全な衰退を象徴する出来事だったのかもしれません。もはや日本人の歴史基礎知識はかなり低下していて、手軽に学ぶことができる入門書が求められたように思うのです。

歴史小説が盛り上がったタイミング

歴史小説という文芸ジャンルを最初に盛り上げた人物といえば、**なんといっても吉川英治**でしょう。吉川英治は『宮本武蔵』『新・平家物語』などの作品で知られています。『宮本武蔵』は、漫画『バガボンド』（井上雄彦）の原作小説でもあります。吉川英治の名前を聞いてピンとこなくても、『バガボンド』の原作者名を目にした人は少なくないはずです。

現代において、宮本武蔵を描く作品は吉川版『宮本武蔵』が、三国志を描く作品は吉川版『三国志』がベンチマークになっています。

もっというと、『三國無双』などのゲームも、原典に遡れば吉川英治に行き着くはずです。たとえば、「徐晃《じょこう》」というキャラクターが極端に大きな斧《おの》を持って登場するのは、吉川作品の記述に基づいています。
そう考えると、彼の存在は今なお生きていて、大きな影響を与え続けています。

次に歴史小説の人気を一気に押し上げたのは、「**一平二太郎（藤沢周平・司馬遼太郎・池波正太郎）**」です。

池波正太郎と司馬遼太郎は同じ1923年生まれで、藤沢周平は1927年生まれの同世代。まさに奇跡の黄金世代であり、この世代からは山田風太郎など、他にも錚々《そうそう》たるスター作家が誕生しています。

サッカーにたとえれば、黄金期のレアルマドリードのようなもの。この時代に私が存在したなら、さしずめ控えのゴールキーパーのようなポジションに甘んじていたかもしれません。

なぜ、あの時期に続々とスター作家が登場し、歴史小説がブームとなったのでしょうか。

もちろん、個々の書き手に実力があったのは間違いありません。ただ、敗戦を経験した日本人が、アイデンティティをとり戻すための物語を渇望していたのかもしれない。そんなふうにも思います。

当時の日本人にはアイデンティティを失ったという自覚があり、それをもう一度構築するために歴史小説に答えを求めた。その要望に応える形でいろいろな書き手が誕生していった。

つまり、彼らは大衆が作った流行作家だったともいえるのです。

その後、スター作家が次々と他界し、スター作家たちを支えた読者が高齢化により減っていくにつれ、歴史小説ブームは下火になっていきました。

平成期になり、よりエンターテインメント性が高い「ネオ時代小説」というムーブメントが起こりましたが、結局は定着しきらずに終わっています。

大衆が望んだブームではなく、出版社側が仕かけた側面もあるがゆえに、大衆は動かなかったということなのでしょう。

歴史小説家を世代別に分けてみた

お笑いの歴史は、しばしば世代別に語られます。

第1世代＝萩本欽一、志村けん

第2世代＝ビートたけし、明石家さんま、タモリ

第3世代＝とんねるず、ダウンタウン、ウッチャンナンチャン

——といった具合です。

これにならい、歴史・時代作家をデビュー期間順に世代分けしてみましょう。

『大菩薩峠』の中里介山や、直木賞の名前にもなっている直木三十五が**第1世代**。彼らと吉川英治、海音寺潮五郎などの**第2世代**の書き手たちがブームを起こしながら歴史・時代小説というジャンルを確立しました。

そして、先行世代が耕した土壌から、流行作家が続々と生まれます。それが前述した「一平二太郎（藤沢周平・司馬遼太郎・池波正太郎）」に代表される**第3世代**です。

この時代の作家たちこそが最強世代であり、今でも書店の棚で大きな存在感を保っています。お笑いの第3世代であるダウンタウンが、いまだにトップランナーである様子と重なるものがあります。

のちの作家たちは何を書いても彼らの作品と比較され、同じ題材を扱おうものなら真似をしたといわれるリスクを背負うこととなりました。つまり、最強世代は私たち現役作家を苦しめ、壁になっている世代でもあるのです。

山田風太郎が『甲賀忍法帖』や『魔界転生』など奇想天外な作品を残したのに対して、司馬遼太郎は王道をひた走り、池波正太郎は人情味にあふれる時代物も手がけ、藤沢周平は滋味のある作品で才を発揮するなど、不思議と作風がばらけているのも面白いところです。

第4世代は、今も現役バリバリの書き手がひしめいています。宮城谷昌光先生、浅田次郎先生、北方謙三先生など、70代になっても衰え知らずの作家たちです。

その後に続いた**第5世代**は、一転して早世の作家が目立ちます。『利休にたずねよ』の山本兼一先生は57歳、『蜩ノ記』の葉室麟《はむろりん》先生は66歳、『天地人』の火坂雅志先生は58

歳でお亡くなりになっています。

そして、現在40代~50代の作家群が**第6世代**に相当します。私自身もこの世代の先輩たちと対談する機会が多く、同世代に括られがちです。ただ、デビュー後の年数でいえば、まだ6年目の私は**第7世代**に相当するのかもしれません。実際、自分ではひと言も言っていないのに、ある作品の帯で「第7世代」と書かれたことがあります。

というわけで、本書でも今村翔吾は第7世代ということにしておきましょう。

第1世代

岡本綺堂、野村胡堂、中里介山、直木三十五、子母沢寛、大佛次郎

第2世代

長谷川伸、吉川英治、中山義秀、海音寺潮五郎、山本周五郎、山岡荘八、新田次郎

第3世代
柴田錬三郎、山田風太郎、隆慶一郎、池波正太郎、遠藤周作、司馬遼太郎、陳舜臣、永井路子、藤沢周平、津本陽、笹沢左保、平岩弓枝

第4世代
宮城谷昌光、高橋克彦、北方謙三、浅田次郎、松井今朝子

第5世代
佐伯泰英、葉室麟、諸田玲子、山本兼一、火坂雅志、髙田郁

第6世代
朝井まかて、伊東潤、木下昌輝、澤田瞳子、天野純希

第7世代
砂原浩太朗、永井紗耶子、川越宗一、今村翔吾、蝉谷めぐ実

大河ドラマの原作者になるということ

小説を書いて直木賞を受賞するのは、作家としての最終到達地点――世間にはそんなイメージがあるかもしれませんが、実は文学界では賞レースに終わりはありません。

直木賞を受賞した後も、中央公論新人賞に柴田錬三郎賞、司馬遼太郎賞や吉川英治文学賞といった賞の選考が待っていて、それらを受賞すると菊池寛賞や紫綬褒章、朝日賞といった賞の数々が視野に入ります。

司馬遼太郎先生などは文化勲章まで受賞されていますから、一流作家はキャリアの晩年まで賞と無縁ではいられないわけです。

私にとって最終到達地点があるとすれば、NHK大河ドラマの原作者になることです。なにしろ私は3~4歳の頃に渡辺謙さん主演の「独眼竜政宗」を見て以来、筋金入りの大河ドラマファン。かつてはDVDを借りたり買ったりして、過去の作品も遡って鑑賞しましたし、現在も新作を追い続けています。

大河ドラマの原作者になれる歴史小説家は、ひと握り中のひと握り。しかも、今はオリジナル脚本が大河ドラマを席巻していて、小説家の原作が採用されるケースはめっきり少なくなっています。感覚的には、高卒の野球選手がメジャーリーグのドラフトでいきなり1位指名されるくらいの狭き門です。

いつか大河ドラマのオープニングテーマをバックに、「今村翔吾」のテロップを目にしたい。そんな日を夢に見つつ、今は録りためた「どうする家康」を視聴しています。

第2章

歴史小説が教える人としての生き方

歴史小説は〝人生のカンニングペーパー〟

私が講演などで歴史の話をすると、子どもたちから「歴史を学んで何か得することありますか？」と聞かれることがよくあります。

子どもだけでなく、大人の中にも「歴史なんて知ったところで、しょせんは過去のこと。終わったことを学んでも意味がない」という人が少なくありません。

でも、これはよくわかっていないというか、何とももったいない発言です。

私は**歴史の知識は〝人生のカンニングペーパー〟**だと捉えています。局面こそ違えど、人はいつの時代も似たような選択に迫られることがあります。

たとえば、「戦場での生死をかけた戦い」と「プロジェクトでの会社の社運をかけた戦い」という違いはあるにしても、どちらも勝負に挑むという意味では似ています。

過去の歴史を見れば、自分は少しも特別な存在ではなく、似たような境遇に直面した人は山ほどいます。そして、似た状況に置かれた過去の人たちが成功したサンプルデータと、失敗したサンプルデータが無数に残されているわけです。

同じような選択に迫られたとき、過去のサンプルデータを参照するのと参照しないのとでは、果たしてどちらが成功しやすいでしょうか。

勘に頼って選択するより、答えがわかっている状態で選択するほうがいいに決まっています。つまり、**歴史を知っていれば人生のリスクをあらかじめ回避できる**のです。

しかも歴史小説は、解説書として非常に読みやすくできています。

「１５６０年に桶狭間の戦いがありました。この戦いで織田信長軍が勝利しました」

このように、事実だけが書いてある本の場合は、自分自身で「そこから何を学びとるか」を考えなければなりません。歴史学者ではない一般人にとって、このゼロからイチを生み出す作業は、けっこう大変です。

一方、歴史小説には書き手の解釈や解説が加えられています。「この出来事はこういうことだったと思うんだけど、君はどう思う?」のように、さりげなく補助線を引いてくれるイメージです。

その補助線をとっかかりにして、私たちは「たしかに、そう思うな」「いや、それは違うんじゃないの」などと議論を発展させていけます。

書き手がゼロからイチを生み出すサポートをしてくれるおかげで、より歴史から知恵を学びとりやすくなっているのです。


さらに、事実の解釈は書き手によって千差万別です。

織田信長という武将について鬼のように捉えるケースもあれば、人情家の側面にスポットライトを当てるケースもあります。

さまざまな解釈を見比べながら、「こっちの信長が自分の理解に合っているな」などと選んでいくのもいいですし、独自の解釈を打ち立てるのも悪くありません。

いずれにせよ、読書体験を積み重ねていくにつれ、人生のカンニングペーパーは厚みを増していきます。最終的には、自分の頭の中に、ありとあらゆる問題に対応できる『家庭の医学』のような情報ができあがるのです。

なぜ歴史の偉人は大人びているのか

歴史小説を読んでいると、主人公が20代や30代にもかかわらず、かなり大人びて見えます。これは、どうしてなのでしょうか。

今の日本では「老害」という言葉が使われ、一定の年齢を超えたら重要なポジションにしがみつくべきではないという論調も見受けられます。

では、仮に50歳を社会的な定年と定め、政治家や企業から退かなければならないルールを導入したとしましょう。そうしたら、今度は45〜50歳の世代が「老害」といわれるようになるはずです。

要するに、**老人かどうかは年齢で決まるのではなく、社会の年齢構成によって相対的に決まる**わけです。

ですから、仮に人間の平均寿命が200歳まで延びたとすれば、100歳はまだまだ若造とみなされるようになるでしょう。

「180歳のやつらがいつまでも引退しないから、俺たちは100歳になっても大きな仕事ができないんだ」

そんなふうに愚痴をもらす人が出るに違いありません。

最初の話に戻しましょう。

江戸時代の平均寿命は30代~40代前半とされ、現代と比べて圧倒的に短命でした。平均死亡年齢も60歳程度で、40歳にもなると老後が視野に入ります。そうなると、20代~30代が精神的に成熟するのも必然です。

しかも、当時は今より死が身近なものでした。乳幼児死亡率は異常に高く、子どもはいつ死んでもおかしくない状況でした。だからこそ七五三を祝う文化も生まれたわけです。

首尾良く成人したとしても、やはり死は特別なものではなく、日常の出来事でした。医療水準は低く、飢饉も頻繁に起きていたからです。死を日常に感じながら、誰もが貴重な命をどう使うかを真剣に考えていたのだと思います。

それに対して、現代人は死を意識する機会が極端に少ない時代を生きています。医療は発達していて、戦争のない平和な時代を享受しており、餓死の心配もほとんどありません。それは幸せで素晴らしいことである一方で、日本人の精神を幼くしているようにも感じてしまいます。

でも、普通に生きていればすぐに死なないというのは単なる思い込みです。いくら寿命が延びても、戦争の危機がなくても、人はいつ死ぬかわかりません。

歴史の偉人を見ていると、病気や事故、暗殺といった予想外の不運に見舞われ、あっけなく命を落とすケースが目立ちます。

それを見て思うのは、「**今日を精一杯に生きなければならない**」という当然のことです。偉人の生涯に触発されて「**自分は人生で何を残すか**」について考えることもあります。

あと100年もすれば、今生きている人たちのほとんどは死んでしまうことでしょう。人生は無常であり、やりたいことをするには短すぎます。

しかし、死を意識することで、今日を一生懸命生きようと思えるようになります。

歴史小説を読んで、生きることと向き合う。たまにはそんな時間を作ることも大事ではないでしょうか。

小説を読んで「死」について考えてみよう

2020年に起きたコロナショックは、はからずも日本人の死生観を浮き彫りにしました。恐らく第二次世界大戦後、**日本人が今回のコロナ騒動以上に死に直面して動揺した事態はなかった**と思います。

資料から読みとる限り、日本人は第二次世界大戦までは、死を身近に感じている民族でした。前述のように、かつては医療水準が低く、天然痘やコレラなどの疫病で多くの死者が出たこともありましたし、飢餓や飢饉も頻繁に起きていました。あるいは、モンゴル人が中国を征服して鎌倉時代の日本を攻め込んだ「元寇《げんこう》」のように、外敵に脅かされる事態もあれば、内乱に巻き込まれて命を落とす可能性も多分にありました。

そんな中で、日本人は死を冷静に受け止めながらも必死で生き抜こうと頑張っていたわけです。

日本人の死生観が大きく変わったのは、第二次世界大戦後です。

幸いなことに戦後、日本人は75年にわたって平和で健康的な生活に恵まれ、死に直面する機会が極端に少なくなりました。その間、日本人からは死に対する免疫が少しずつ失われていったのだと思います。

そこに降って湧いたのが、新型コロナウイルス感染症の世界的蔓延です。

２０２０年2月13日、新型コロナウイルスによる国内初の死者が報じられると、多くの日本人が動揺し、われ先にとマスクを買い求めたり、外出する人を感情的に批判したりする光景が繰り広げられました。

もちろん私は、新型コロナの被害を軽視しているわけではないですし、コロナごときでビクビクするなと言いたいわけでもありません。

現実に新型コロナで亡くなった人がいて、それを悲しむ気持ちはあります。

ただ、天然痘やペスト、スペイン風邪といった過去に流行した感染症の致死率からすると、コロナの死者数は桁外れに少なかったはずなのに、日本人は当時と同等かそれ以上に動揺しました。

その様子から「日本人は死に対する免疫をここまで失っていたのか」と衝撃を受けたのです。善し悪しの問題ではなく、戦後の日本人からは「自分がいつ死ぬかわからない」という感覚が徹底的に失われたということを実感させられました。

ことさら死を怖がるのでもなく、命を軽んじるのでもなく、日本人はもっと死について考える必要があります。**そのきっかけとなり得るのが歴史小説**ではないかと考えています。

武士の切腹や戦時中の特攻隊のイメージから、海外では日本人が「名誉の死を望む民族」と評されることがあります。しかし、日本人は死を望む民族だったわけではありません。

本心では死を怖がり忌避しつつも、避けて通れないものとして必死に受け入れようとしてきた民族ではないかと思うのです。

歴史に名を残す英雄も、死を意識しながら、自分の生を精一杯生き抜いた人たちでした。私たちはそんな人物をとり上げて物語にしているわけです。歴史小説が生と死を考えるテキストになるのも必然といえます。

歴史小説家の中でも、生と死を強く意識していた書き手として思い浮かぶのは、なんといっても池波正太郎です。

池波正太郎は死をめぐって、しばしば次のようなことを書いています。

「頭の上に石がぶらさがっていて、いつ紐《ひも》が切れて落ちてもおかしくない。そのように、昔の人は常に覚悟しながら生きていた」

「確実にいえるのは、人は生まれた瞬間から死に向かって近づいているということだ」

私自身、池波先生の死生観から多大な影響を受けています。

作品を読み込んでいた中学生の頃から、いずれ死ぬなら自分はこの世界に何を残せるのだろうと考えるようになりました。

「このまま大人になっても、信長のように天下をとれるわけでもないだろう。だからといって、のうのうと生きて一生を終えてしまって本当にいいのだろうか」

一種の中二病かもしれませんが、本気で自問自答を繰り返していました。

今でも死ぬのは嫌ですし、死にたいと思っているわけではないですが、いつ死ぬかもわからないと思いながら毎日を生きています。

実際に同業者の中にはハードな仕事がたたって40代で命を落としている人もいます。他人事ではありません。

私は30歳をすぎて作家として活動を始めた頃、遺言書を書きました。

「今自分が死んだら、誰が著作権を管理することになるんだろうか」

あるときそう考え、いつ死んでも構わないように遺言書をのこしたのです。

歴史上の人物で、心底満足して一生をやり遂げた人間は、ほとんどいなかったのかもしれません。たとえば、葛飾北斎は90歳まで生きて絵を描きましたが、死ぬ際の様子が次のように記録されています。

翁死に臨み、大息し「天我をして十年の命を長らわしめば」といい、暫くして更に謂《い》いて曰《お》く、「天我をして五年の命を保たしめば 真正の画工となるを得べし」と、言《い》い訖《わ》りて死す。（『葛飾北斎伝』飯島虚心著、鈴木重三校注、岩波文庫、P169〜170）

「**あと10年、いやあと5年長生きできたら、本当の絵描きになれたのに**」と言いながら絶命したというのです。何歳まで生きようが、どういう生き方をしようが、人間とはそう思う生き物なのでしょう。

人生はゴールのない道を歩いているようなもの。だからこそ面白いといえますし、面白いと思えることで人間として成熟できるのではないかと思うのです。

池波正太郎に学んだお金の使い方

歴史小説には、作者の人生哲学も投影されており、私たちは物語を通じて人としてのあり方や振る舞いを学ぶことができます。

先ほど、池波先生の話を出したので、続けて池波先生の例を挙げてみましょう。

池波正太郎の作品には、主人公がしばしば仕事の中で身銭を切る姿が描写されます。池波先生自身、エッセイなどでチップの習慣についてたびたび言及しています。

タクシーに乗ってメーターが500円だったら600円を渡す。たった100円でも、渡せば自分が気持ちいいし、もらったほうもいい気分になれます。それが社会全体に広がっていけば、私たちが住む世界はもっと良くなるというわけです。

池波先生は、旅館などに泊まるときは、心づけを先に渡すと書いていました。最初に渡せば、サービスが良くなって快適に滞在できるからです。

それを読んでいた私は高校の卒業旅行の際、ポチ袋に1000円札を入れて旅館の仲居さんに渡したことがあります。ずいぶんませた高校生です。

仲居さんにびっくりされ、「ご両親が立派な教育をされているんですね」と言われたので、「**いえいえ、池波正太郎先生の教えです**」と答えた記憶があります。

今でも「身銭を切る」ことを心がけています。

旅館に宿泊するときには必ずポチ袋を持参しますし、タクシーではお札で渡してお釣りをもらわないようにしています。電子決済が普及した今では、それも難しくなってきたのですが……。

あるとき、地元で利用したタクシーの車内に忘れ物をしてしまい、直接持ってきてもらったことがあります。運転手さんからは「無料でいいです」と言われたのですが、「これでコーヒーかタバコでも買ってください」と心づけを渡しました。

運転手さんは思った以上に喜んでくれ、「つかまらへんときとか、いつでも行くんで」といい、名刺を渡してくれました。

今、東京出張のため早朝に出発することもあるのですが、滋賀県はタクシーが少ないので、駅までの足に困るケースが多々あります。そんなときに電話をすると、その運転手さんが駆けつけてくれます。もはや専属タクシーみたいなものです。

ある年末、子育てをしているわが社のスタッフにお年玉を渡したら、年明けにそのスタッフから動画が送られてきました。

見ると、幼稚園児と小学生の女の子2人が正座をしながら「今村先生、お年玉ありがとう」と挨拶をしていました。本当にいいお金の使い方をしたと思ったものです。

私は1円でも無駄なお金を使いたくない性分ですが、生きたお金なら惜しまずに使おうと思っています。稼ぎのあるなしとか金額の大小にかかわらず、**生きたお金を使うことの大切さを池波正太郎から教えてもらった**のです。

歴史小説には人生の名言がたくさん

池波正太郎の『鬼平犯科帳』を読むと、次のようなセリフが出てきます。池波正太郎の名言の中で最も好きな言葉の一つです。

「人間というやつ、遊びながらはたらく生きものさ。善事をおこないつつ、知らぬうちに悪事をやってのける。悪事をはたらきつつ、知らず識らず善事をたのしむ。これが人間だわさ」(『[決定版]鬼平犯科帳2』文春文庫、P106~107)

似たようなセリフは、作品を通して何度か繰り返されています。作者の人生観を強く反映した言葉といえます。

何かをしようとするとき、そのセリフが頭によぎることがあります。「**今の自分は果たしていいことをしているのだろうか**」と自問自答するのです。

『鬼平犯科帳』には、さまざまなタイプの悪人が登場しますが、しばしば出てくるのが完全に悪に徹しきれない人間です。

たとえば、普段は盗みをして生計を立てているのに、女性や子どもが困っている姿を目にして思わず救いの手を差し伸べてしまい、そのせいで自分の悪事が露見してしまうような人物です。

悪に生きるのなら、困っている人のことなど放っておけばいいのに、なぜかそれができないのです。

物語では、得てして「不幸な母親を見て育った」といった、悪人の幼少期のトラウマが描かれることもあります。ただ、池波正太郎が伝えたかったのは「悪人にもそれなりの事情があるんだよ」ということではないと思います。

「人間というのは、そんなに簡単に割り切れる生き物じゃないんだ」

「人間はいかようにも変わるのだから、簡単に二元論で捉えるべきではないよ」

私が教わったのは、こういう考え方だったのです。

社会では悪人かどうかを法律によって裁きますが、倫理観は時代によって変わりますし、人間の振る舞いも終始一貫しているわけではありません。

どんなに悪人であっても、目の前で子どもが溺れそうになっているのを見たら、危険を顧みずに助けようとするかもしれない。

逆に、どんなに善人であっても、ふとした拍子に悪事に手を染めてしまうかもしれない。**そんなあやふやな部分に救いや希望、人間の奥深さを見いだせる**ように思うのです。

池波作品に限らず、歴史小説にはこういった名言が詰まっています。それらの名言は自分を支える大きな力となります。ぜひ、いろいろな歴史小説を読んで、名言を自分の人生に生かしてください。

歴史小説は「本屋大賞」で勝ちにくい⁉

出版業界には、さまざまな文学賞があります。

有名なところでは芥川賞に直木賞。野間文芸賞、江戸川乱歩賞、吉川英治文学賞など、一つひとつ挙げていけば枚挙に暇がありません。

なかでも歴史小説は、直木賞などの文学賞には伝統的に強い印象があります。歴史を描く場合、過去と現在を対比することで、現代の人たちが抱えている問題をあぶり出しやすくなります。

その点が、メッセージ性が重視される文学賞においては、評価されやすいのではないかと分析しています。

それに比べると、ミステリーやSF小説は、文学賞でやや劣勢に立たされる傾向があります。

ミステリーはトリックの比重が高まる分、メッセージ性に乏しいと受け止められるリスクを抱えることになります。20〜30年くらい前の文学賞の選考会では、「殺人ありきで物語が始まることに抵抗がある」といった評価がなされることもありました。

SFになると、さらに文学賞の受賞者は少なくなります。

SF出身者である小川哲さんが2022年『地図と拳』で直木賞を受賞したのは、かなりのレアケースといえるでしょう。

ちなみに、SFの大家である筒井康隆先生は、『大いなる助走』という作品の中で、主人公が直廾賞《なおく》という文学賞の選考委員を殺して回る姿を描いています。

一方、歴史小説の受賞が少ない文学賞の一つが本屋大賞です。これまでにも『天地明察』（冲方丁《うぶかたとう》著）、『村上海賊の娘』（和田竜著）などの作品が受賞していますし、2022年には第二次世界大戦中に行われた独ソ戦の物語である『同志少女よ、敵を撃て』（逢坂冬馬著）が大賞に輝いており、実績がないことはないのですが、少々分が悪い印象があります。

本屋大賞は「全国書店員が選んだ いちばん！売りたい本」をキャッチコピーに掲げており、全国の書店員さんの投票によって受賞作が決定されます。

この賞の選考では、書店員さんが過去1年間に読んで「面白かった」「お客様にもすすめたい」「自分の店で売りたい」と思った本を選んで投票します。

一次投票では1人が3作品を選び、上位10作品がノミネートとして発表されます。二次投票ではノミネート作品をすべて読んだ上でベスト3の順位づけをして、その集計結果により大賞作品が決まるというレギュレーションです。

この選考方法では、書店員さんに普段から読まれていないジャンルの本は一次投票を通過するのは非常に困難となります。

歴史・時代小説は伝統的に男性・年配層の読者が多く、私たち書き手の力不足もあり、今の書店員さんの主力である20代～40代女性になかなかリーチできていない実情があります。それが、本屋大賞での歴史ジャンルの弱さにつながっているのだろうと分析しています。

この現状を覆すには、私たちが圧倒的に面白い作品を書くしかありません。本屋大賞受賞は私の目標の一つです。

第3章

ビジネスに役立つ歴史小説

歴史小説の知識が経営に活きる

序章でお話ししたように、ひと昔前まで日本では社会人男性の多くが歴史小説を熱心に読んでいました。これは、経営に応用できる知識が詰まっていたからに他なりません。

私たちの人生はせいぜい80〜90年。会社経営の期間でいうと、20代前半で起業したとしても最大でも50年程度しかありません。一方、歴史の偉人たちの記録は何百、何千年にわたって積み重ねられているので、膨大なサンプルデータを参照できます。

最近のビジネスパーソンは、時短やタイムハックを意識する人が多いようですが、**歴史に学ぶことこそ究極の時短術**です。本来数百年かけて経験から学ばなければならない知識を、たった2〜3か月くらいで学ぶことができるのですから。

私は大阪の箕面市《みのお》というところで「きのしたブックセンター」という書店を経営しています。きっかけは企業のM&A（合併・買収）に携わる知人から「箕面に潰れそうな書店がある。引き継いでくれる人を探しているんだけど、やってみないか?」と声をかけられたことでした。

当然ながら、全国的に書店の売り上げが減少している事実も、書店がない自治体が増えている現状も知らなかったわけではありません。素人目にも書店経営は厳しそうでもあります。

ただ、**書店は私の人生を変えてくれた大切な場所ですし、地域の人たちにとっては重要なインフラ**です。業界に恩返しをしたいという想いも手伝い、事業承継を決断しました。

書店経営を引き継いだ当時、正直にいうと店内の空気がどんよりしていると感じました。商品が少なくて見た目が寂しかったのもありますが、働く人たちの生気のなさが気になったのです。

それまでの店は、儲からないから給料も上げられないし人も雇えない、社員の負担が大きいから生産性も上がらない、仕入れもままならない、という負のループに陥っていました。

そこで、私はまず人を増やして1人あたりの負担を軽減し、半期ほど経過を見た上で給料を上げました。すると、社員の仕事にとり組む姿勢が、少しずつ変わってきたのです。

クリスマスの時期、店長がどこからかクリスマスツリーを持ってきて、店内で飾りつけをしていました。

「これ、どうしたん？」

聞くと、店長は休日にプライベートでリサイクルショップに行き、たまたま見つけた中古のツリーを買ってきたといいます。

「じゃあ、ちゃんと経費精算してね」

「いえ、いいですよ。自分が勝手に買ってきた安物ですから、ポケットマネーでいいです」

もちろん後で経費処理をしてもらったのですが、ポケットマネーで店を良くしたいという店長の気持ちが胸に響きました。

そのころから、店がこれまでと違う方向に動き出したように思います。

本当に些細なことかもしれないですが、組織というのは小さな歯車が噛み合うことで明るく前向きになっていくものです。

クリスマスツリーだけでなく、七夕にも地域の子どもたちを集めて短冊を飾るなど、店に活気が戻ってきました。

それを見ながら武田信玄の名言を思い出しました。

「人は城、人は石垣、人は堀、情けは味方、あだは敵なり」

戦において重要なのは人であり、すべては人のやる気を引き出せるかどうかで決まります。戦国武将でいえば秀吉は人を褒めるのが上手でしたし、家康も有能な部下に恵まれました。

経営も同じであり、〝人材活用〟こそ歴史から得られる最大の学びだと再認識したのです。そこで次ページに今村翔吾選による「人材活用術を学ぶための歴史小説ベスト5」を紹介しましょう。

1 『徳川家康』（山岡荘八 著）

徳川家康の生涯を綿密に描いたロングセラー作品。韓国では「大望」というタイトルで翻訳され、ベストセラーとなっています。日本よりも処世術を学ぶ書として政財界で広く読まれていたようで、韓国の朴槿恵（パク・クネ）元大統領も愛読していたといわれています。

2 『武田信玄』（新田次郎 著）

『風の巻』『林の巻』『火の巻』『山の巻』と4巻にわたって、武田信玄の一生を追っています。信玄がどのようにして部下を掌握していったかを知る上では非常によい本だと思います。新田次郎は信玄にも縁が深い長野県諏訪の出身であり、この作品に強い思い入れがあったようです。

3 『雄気堂々』（城山三郎 著）

「近代日本資本主義の父」と評される渋沢栄一が主人公の小説です。城山三郎は「経済小説」という分野を開拓した第一人者であり、経済人の生涯を学ぶ上でおすすめの作品がたくさんあります。名古屋出身の経済人たちを描いた『創意に生きる 中京財界史』なども一読をおすすめします。

4『世に棲む日日』（司馬遼太郎 著）

幕末の長州藩を描いた長編小説。前半では松下村塾で維新の志士たちを育てた吉田松陰の青春時代を描き、後半では門下生であり奇兵隊を結成した高杉晋作の活躍を追っています。人材教育という意味では、いかに情熱を持って人を育てるかを学びとることができる作品です。

5『塞王の楯』（今村翔吾 著）

手前味噌で恐縮ですが、合戦を支えた裏方にスポットを当てた作品であることを多方面から評価していただいています。私自身も「裏方を描く」という点を強く意識した作品ですし、職人たちの仕事ぶりや人材活用についても丹念に描きました。

〝引き際〟を歴史に学ぶ

経営者がもう一つ歴史の偉人に学ぶべきは、引き際です。

早い段階から権限を移譲し、余計な口出しはせず、後を託せる状況になったら完全に身を引く。いってみれば経営者としての〝終活〟です。

この終活について、戦国武将はたくさんの教訓を示しているのに、いまだに日本の経営者は同じような間違いを繰り返しています。いつまでも肩書きや権威にこだわっているというより、仕事と別れるのを寂しく思う人が多いのかもしれません。

武田信玄はさまざまな本で英雄として描かれていますが、**後継者へのバトンタッチは恐ろしく下手**でした。そのせいで、せっかく積み重ねてきた業績を台無しにしています。

信玄は嫡男《ちゃくなん》（正室の生んだ男子のうち、最年長の子）である武田義信との関係をこじらせ、最終的に自害を命じたともいわれます。

そして四男の武田勝頼が当主となるわけですが、信玄は勝頼を正式な跡継ぎとはせず、勝頼の子である信勝が16歳になるまでの後見役に据えました。

結果的にこの判断が、信玄の死後に武田家の弱体化を招き、勝頼は「長篠の戦い」で織田信長・徳川家康連合軍に惨敗を喫してしまうのです。

織田信長も後継者問題において、結果的にはしくじっています。

信長は信玄とは違って早くから嫡男・信忠を後継者に定め、家督を譲った上で経験を積ませます。しかし、彼の天下とりは「本能寺の変」によって潰えました。このとき、信忠は信長と同じく京都で明智光秀軍と戦う選択をし、自害に追い込まれています。

あの局面では、捕まろうが無様であろうが、1%でも可能性があるなら、信忠は逃げるべきでした。その選択をしなかったという時点で、**信長は帝王学の伝え方を失敗したといわざるを得ません。**

その信長の後に天下人となった秀吉も、承継問題に関しては失敗に終わっています。なかなか子どもに恵まれなかった不運もありましたが、もっとやりようがあったとは思います。

織田家の承継問題を知るうえでは、**『清洲会議』**（三谷幸喜 著）が一番わかりやすいと思います。特に、信長死後の混乱した状況をつかむには最適です。

一方、豊臣家に関しては**『豊臣家の人々』**（司馬遼太郎 著）を読めば、秀吉晩年期から豊臣家が抱えていた問題を、さまざまな人物を通して見ることができます。

同じ司馬遼太郎作品で豊臣家を描いたものに**『関ヶ原』『城塞』**もあり、この3冊を読めば豊臣家の事業承継が、いかに失敗したかが見えてくるはずです。

戦国武将の中で後継者選びに抜きん出ていたのは、なんといっても徳川家康です。関西人の私はアンチ家康なのですが、この件については家康を全面的に認めます。

家康も短気な性格の持ち主ではありましたが、**歴史を学んで教訓にするしたたかさ**がありました。

家康は、信玄や信長の成功事例を真似しつつも、同じ轍《てつ》を踏まないよう細心の注意を払い、完璧な模範解答を示しました。

家康は、信玄が最後まで跡とりを決めなかったことが武田家の崩壊につながったことを見抜き、早い時点で秀忠を後継に据えました。

「関ヶ原の戦い」に勝利した家康は、1603年には征夷大将軍の座につき江戸幕府を開くのですが、わずか2年後には秀忠に将軍職を譲っています。

この選択の大きなポイントは、徳川家が自らの意思によって徳川家の後継者にバトンタッチできるという実例を作ったことにあります。

事業承継を含め、徳川家康という人物を深く知りたいなら、なんといっても『**徳川家康**』（山岡荘八 著）を読むのがベストです。

『**覇王の家**』（司馬遼太郎 著）も家康の人となりを知るうえで欠かせない作品だと思います。

そして、家康のしたたかさを敵側の視点から捉えているのが『**真田太平記**』（池波正太郎 著）です。『真田太平記』は家康アンチの立場で書かれており、この作品で描かれている家康は憎たらしいくらいに狡猾《こうかつ》です。

そして、フィクションの要素が少々強いですが、とにかく面白いのが『**影武者徳川家康**』（隆慶一郎 著）です。

承継に失敗した組織は必ず潰れる

家康はさらに政権を盤石にするため、「大坂の陣」で豊臣家の滅亡を試みます。大坂夏の陣を描く小説では、真田幸村が「家康の首さえ討ちとれば徳川家は瓦解する」みたいなセリフを口にする描写が多いのですが、あれは嘘です。

家康は自分が討ちとられるシチュエーションも想定していましたし、仮に討ち死にしても徳川家は盤石だと確信していたはずです。

唯一、徳川にとどめを刺す方法は、家康と秀忠を一度の戦で両どりすることですが、それも家康には織り込み済み。家康と秀忠は大きく離れ、両どりは絶対にできない布陣を敷いているのです。これでは家康と秀忠を同時に討つのは、ほぼ不可能です。

仮に、どちらかが討たれても江戸幕府は存続できます。つまり、**家康は絶対に勝てる戦い方をした**のです。

関ヶ原の戦いの模様を伝えてくれる作品には『**関ヶ原**』(司馬遼太郎 著)があります。

『決戦！関ヶ原』（講談社文庫）は、葉室麟先生や冲方丁先生といった、さまざまな作家が、この戦いに臨んだ武将たちをそれぞれ描いたアンソロジー作品です。いろいろな目線を通じて、この戦いの実像が見えてくる良作です。

さらに、私が読んで面白かったものでいうと**『島津奔る』**（池宮彰一郎 著）という作品もあるのですが、残念ながら作者の盗作疑惑によって絶版・回収となっています。作家としては非常に優れた作品を残していますし、私も中高時代に熱中して読んだ書き手の1人でしたから、ただただ残念という他ありません。

ところで、承継問題に関しては意外に知られていないですが、戦国の名武将と呼ばれる人たちの一代前の世代に才を発揮した人物が多く見られます。たとえば、伊達政宗は有名な武将ですが、**立派だったのは父の伊達輝宗《てるむね》**です。

実は伊達家は、政宗の祖父・曾祖父の代から三代にわたって父子の争いが続いていました。輝宗は政宗に手厚い教育を施した上で、政宗が18歳のときに家督を譲っています。

18歳というのは、当時でも相当早い権限移譲です。政宗の才能を認めていたこともあるでしょうが、家督争いを未然に防ぐ布石の意味合いも大きかったはずです。

結果的に輝宗は翌年に命を落としたものの、伊達家は有数の大名に上り詰めることができました。

島津家も島津四兄弟（義久・義弘・歳久・家久）が歴史好きに愛されていますが、父の貴久、祖父の忠良の名君ぶりが光ります。彼らが島津家発展の礎を築いたからこそ、後の世代に英雄が生まれているともいえます。


伊達輝宗や島津貴久、祖父を主人公にした作品を私は読んだ記憶がありません。それだけ歴史的にはマイナーな人物であり、小説には描きにくいのでしょう。

島津四兄弟を扱ったものとしては、**『衝天の剣―島津義弘伝』『回天の剣―島津義弘伝』**（天野純希 著）があり、伊達政宗を主人公にした作品には**『馬上少年過ぐ』**（司馬遼太郎 著）や**『伊達政宗』**（山岡荘八 著）があります。

また、**『捨て子童子・松平忠輝』**（隆慶一郎 著）は、家康の六男である松平忠輝を描いていますが、忠輝の妻の父親が政宗というつながりがあり、政宗が娘婿をどのように扱っていたかがわかります。

これらの作品を読んで、英雄の活躍だけに注目するのではなく、英雄を作った影の立役者がいたことも知ってほしいと思います。

もう一つ、現代にも通じそうな例をお話ししておきましょう。

上杉謙信は戦の準備をしているときに城内で倒れ、49歳で急死しています。死因は脳溢血《のういっけつ》などとされていますが、このとき謙信は跡継ぎを正式に決めていなかったので、上杉家では後継者争いが勃発。一歩誤れば、家ごと完全消滅していた可能性もありました。

これを聞いて身につまされる経営者もいるのではないでしょうか。

今は戦国時代と違って戦で死なないから安心と思っているかもしれませんが、現代人も交通事故や病気で急に命を落とすリスクは十分にあります。

やはり「自分はまだまだやれる」と思っていても、経営者は早め早めに手を打っておくべきです。

経営の戦略や戦術は無数にありますし、簡単に他に応用できないこともあります。しかし、**「承継に失敗した組織が潰れる」というのは時代を超えた真理**なのです。

『名将言行録』はリーダーシップの教科書

組織運営においてはリーダーシップも重要な要素です。**歴史の偉人からリーダーシップを学びたいなら、『名将言行録』を読むことをおすすめします。**

『名将言行録』は幕末期に館林藩士の岡谷繁実が、実に16年をかけて書き上げた武将たちの逸話集です。

原典を現代語訳したものを読むのもいいですが、現代の読者向きに換骨奪胎《かんこつだったい》した解説書も多数出版されていますから、ビジネスのヒントを得るには手軽だと思います。

私が印象に残っているのは、彦根藩三代藩主・井伊直孝の次のようなエピソードです（脚色を加えて再構成します）。

直孝の周囲にいる若者たちは、彼に「成人のお祝いとして、教訓になるお言葉を教えてください」とせがんでいました。列をなしてアポをとり、ようやく直孝から直接言葉をもらえる機会を手にします。

「いったいどんな素敵な言葉をいただけるのだろう……」

期待しながら対面すると、直孝はこういいました。

「油断大敵。この言葉をくれぐれも忘れないようにしなさい」

若者は拍子抜けします。あれだけ時間をかけてやっと教訓を聞けたと思ったのに、「油断大敵」のひと言はあまりに普通です。

「いや、実は『油断大敵』には深い教訓が隠されているのかもしれない。私が本当の意味を理解できていないのではないか」

そう考えている若者に向かい、直孝はつけ加えます。

「言葉は、誰が言うかが大切なのですよ」


当たり前の言葉でも、偉い人が口にすると不思議と重みが増すものだ。人は言葉を素直に受けとるわけではなく、発言者の背景を見ている生き物である。

そこまでがセットで直孝の教訓だったのです。

私自身、今は各地で講演をする機会も多いですが、ふと「10年前の自分が同じ話をしたら、誰も耳を傾けなかっただろう」と思うことがあります。そんなときに思い出すのが井伊直孝のエピソードなのです。

『名将言行録』では、加藤嘉明にまつわる次のようなエピソードも好きです（島津義弘など別の人物のエピソードとして紹介されることもあります）。

あるとき小姓らが囲炉裏《いろり》の火箸を焼いて遊んでいました。誰かが知らずに触ったら驚くだろうと、悪戯《いたずら》を仕かけたのです。そこに主君の嘉明がやってきて、火箸に手を伸ばします。

小姓らの顔は青ざめますが、時すでに遅し。嘉明の手が焼け、煙が上がりますが、声を上げるでもなく、何事もなかったかのように灰に火箸を差して戻しました。

また別のときには、嘉明が所有している10枚一組の高価な小皿があり、小姓の1人が1枚を誤って割ってしまいました。

それを聞いた嘉明は、小姓を叱るのではなく、なんと残り9枚の皿をすべて叩き割りました。残りの9枚がある限り、割った人の失敗を皆がいつまでも思い出すことになる。だったら、全部割ったほうがいいという判断です。

こんなふうに、ちょっとできすぎた逸話とも言えますが、一つひとつの話が武将の性格を表していて興味が尽きません。部下として勉強になる話もあれば、上司として勉強になる話もあるので、一読をおすすめします。

昔と対比させて自分のキャリアを考える

ビジネス誌では「DXの推進」とか「AIでなくなる仕事」といった見出しを頻繁に目にします。新しい技術やシステムがどんどん登場して、それについていけないベテラン社員が会社で肩身の狭い思いをするという話もよく聞きます。

思わず「昔はこんなことなかったのに」と愚痴を言いたくなりそうですが、歴史を振り返れば、**ベテランの悲哀はどの時代にもありました。**

特に時代の節目には、世代間のギャップが強くなりがちです。

江戸時代の初期は、戦に優れた人たちが無用になり、すっかり昔の人扱いをされるようになりました。旗本の大久保忠教（大久保彦左衛門）は、武人が窓際族となった時代を恨み**『三河物語』**という本の中で愚痴と嘆きを綴っています。

まさに古株社員の不平不満を書いた日記であり、「**どの時代も一緒なんだな**」と共感できます。

一方、昔と今でまったく違うのはキャリア観です。

江戸時代の日本には厳格な身分制度が存在していて、生まれた家によって職業が決定づけられていました。生まれながらに専務の家、部長の家、平社員の家と決まっているようなものです。

ごくごく稀に、殿様が代替わりをするタイミングなどに優秀な人材が抜擢されることはあるのですが、さすがに平社員から取締役というわけにはいきません。係長→課長→部長……という具合に、段階を経て出世をしていくことになります。

すると、これが家中で反発を招き、お家騒動に発展するようなこともありました。階層は固定化されていて、足軽が君主になるなど絶対にありえなかったのです。

それと比べて、現在はどうでしょう。「親ガチャ」「格差社会」などという言葉もありますが、少なくとも江戸時代よりは努力次第で自分のキャリアを形成できる世の中ではありそうです。

「頑張れば給料も上がるし、出世もできるのだから世の中に不満を持つべきではない。むしろありがたいと思うべき」などと言いたいのではありません。

江戸時代より多少でも可能性があるなら、**やりたいことを諦めないでほしい**のです。私たちには職業選択の自由があり、自分で会社を作ることもできますし、選挙に立候補して政治家を目指すこともできます。

私自身は30歳までダンス・インストラクターをしていて、埋蔵文化財調査員を経て32歳から専業作家に転身しました。このように大胆にキャリアチェンジをする人間もいます。私たちは自由な時代に生きていて、自由な人生を選べるといわれるせいで、かえって何を選んでいいのかわからなくなっているのかもしれません。

もう一度歴史を振り返り、選択できる幸せを実感し、勇気をもって人生を選択していくことも大切でしょう。

歴史からイノベーションのヒントを得る

「歴史からイノベーションのヒントなんて見つからない」と思われるかもしれないですが、そんなことはありません。

「世界に通用する町工場」「匠の国」などといわれるように、戦後の日本は技術力の高さで経済を牽引してきました。歴史的に見ると、この技術力は民衆の知的レベルの高さにあったのは間違いありません。

1543年、種子島に鉄砲が伝来したとき、日本人はすぐに真似をして鉄砲を生産することができませんでした。最大の理由は、**当時の日本人がネジの理論を知らず、それを作る技術を持たなかった**からです。

ネジを使わずに作った火縄銃はどうしても暴発しがちです。銃の製造に携わった刀鍛冶・八板金兵衛《やいたきんべえ》は困り果ててしまいますが、一計を案じた金兵衛は娘の若狭をポルトガル人に嫁がせることを決意。若狭を通じてネジの技術を入手し、生産にこぎつけたという伝承が残っています（ただし、資料としての記録は残っていません）。

話の肝はここからです。

ネジの技術を知った瞬間に、日本人は完璧なコピー製品を作り出します。そして、その技術は和泉国・堺（大阪府堺市）、紀伊国・根来（和歌山県岩出市）、近江国・国友（滋賀県長浜市）など**日本全国に広がり、同時多発的に大量生産が始まる**のです。

技術が広がるにあたって設計図などが存在したわけではなく、どの鍛冶職人も現物をバラして構造を知っただけで、同じものを再現しています。

記録を見ると、日本に訪れた宣教師たちは鉄砲の大量生産ぶりに度肝を抜かれています。西洋人の感覚では理解不能な技術力だったということです。

西洋では歴史的に知識層と庶民層の知的レベルに大きな差があるのに対して、日本人は庶民の知的水準が高かったのです。

結果的に、日本の鉄砲生産量は世界の3分の1に達します。しかも日本の3分の1を滋賀県が生産していましたから、滋賀は世界の9分の1のシェアを誇っていた計算になります。

そこから時代が下って、江戸時代に来日した外国人が日本人の印象を書き残しています。そこで多く指摘されているのは、日本人の好奇心の強さです。

外国人を見かけると人がわらわらと寄ってきて持ち物や洋服、目の色についてまで根掘り葉掘り質問をしてくるので疲れるというのです。

小説にも、日本人の好奇心やイノベーティブな側面はとり上げられています。

たとえば、**『天地明察』**（冲方丁 著）を読むと、日本の江戸期の天文学が海外と比較して決して遅れをとっていなかったことがわかります。この作品は第7回本屋大賞の受賞作品であり、俳優の岡田准一さん主演で映画化もされています。

また、**『王国への道──山田長政』**（遠藤周作 著）は、タイのシャムという古都で活躍した人物である山田長政を描いています。これを読むと、昔の日本人はフロンティア精神を持っていたのだということが強く伝わってきます。

私は、日本人にこの好奇心のＤＮＡがあったからこそ、戦後の科学技術立国が実現できたと考えています。

イノベーションの元は好奇心にあったということです。

「数学を学んでも社会で役に立たない」

「歴史的な事件を知っても給料が上がるわけじゃない」

それも一理ありますが、一見無駄に見える知識の集積こそが、いざというときに自分の身を助けてくれます。**知ってすぐ役立つかどうかではなく、知ることそのものに意味があるの**です。

私たちには好奇心の素養があるのですから、知りたいという気持ちに蓋《ふた》をせずに、学ぶ喜びを知ってほしいと思います。

歴史に学ぶ外交交渉

歴史小説では、偉人同士の交渉のシーンが、たびたびとり上げられます。有名なものでは、江戸城無血開城を実現した勝海舟と西郷隆盛の会談シーンが思い浮かびます。

西郷と勝が2人で向き合う絵などを見ていると、いかにも膝をつき合わせて丁々発止のやりとりをしているようですが、現実の外交は1対1で進めるわけではありません。基本的に外交交渉は集団戦であり、しかも長い時間をかけて行われます。

関ヶ原の戦いの後、西軍に属した島津家は、徳川家との和平交渉に臨むのですが、一方で戦いに備えた兵力増強にも努めます。いざとなれば、決戦も辞さない強気の姿勢で、領地の維持を図ろうとするのです。

結局、交渉は2年にも及び、最終的に島津家は家康から領地を安堵されています。西軍の大名たちが領地を大幅に削られたり、家をとり潰されたりしているのとは対照的です。このように、大きな交渉ほど準備や根回しに時間がかかるものであり、トップ会談が行われる時点では大枠の話はまとまっています。

江戸城無血開城だって、事前に何十人、何百人の人が細かい動きを積み重ねていたはずです。そう考えると、私たちは歴史的な交渉のシーンを安易に真似ないほうがよさそうです。「トップが出れば話がまとまる」という思い込みにとらわれていると、足元をすくわれかねません。

歴史的な交渉の舞台裏を丹念に調べてみましょう。ビジネスの交渉に使える重要なヒントが見つかるはずです。

第4章

教養が深まる歴史小説の活用法

歴史小説を読むと語彙が増える

ここからは歴史小説を日々のインプット・アウトプットに生かしていく方法について考えていきましょう。

本書ですでに言及しているように、歴史小説で使われているセリフは、当時の人が話していた言葉の通りではありません。作家は当時の会話の雰囲気や語彙をできるだけ残しつつ、会話を構成しています。

ですから、歴史小説のセリフは、現代における最上級の丁寧言葉に近いといえます。少し真似をすれば、美しい日本語を話せるようになるということです。

ちなみに私が「**美しい日本語で書かれている歴史小説**」に挙げたいのは、『**溟《くら》い海**』（藤沢周平 著）、『**樅《もみ》ノ木は残った**』（山本周五郎 著）、『**敦煌**』（井上靖 著）といった作品です。

この3人はとにかく文章が上手いです。作家の能力をレーダーチャートに表したなら、「文章力」のところは突出するのではないかと思います。

また、**語彙を増やす上で歴史小説を読むことは、打ってつけの方法**です。何しろプロの私でさえ、いまだに「この言葉、どういう意味？」という言葉を目にする機会がたくさんあります。

特に昔の作家の作品を読んでいると、「この人ら、よう言葉知ってはるわ～」と感心することもしばしばです。

知らない漢字を目にすると、最初はストレスを感じます。しかし、心配しなくても大丈夫です。読書量が増えていけば、漢字のつくりや前後の文脈からおおよその意味は推測できるようになります。

また、わからない言葉をいちいち調べないでも読み進めることは可能です。

ただし、調べるのが苦にならない人は、知らない漢字を確認してみてください。漢和辞典で調べるのもいいですし、今は手書きで漢字を検索できるスマホアプリもあります。

知らない漢字でも、何回か目にしているうちに脳内に定着し、自分が文章を書くときに使えるようになってきます。

知らない漢字といって思い出すのは、吉川英治の作品です。

私が吉川英治にハマったのは中学1年生の頃でした。古本屋で全集を手に入れ、ページを開いた途端、違和感に気づきました。旧字体で書かれていて、読めない漢字だらけだったのです。

それでも、読めないながらも意味を想像しつつ読み進めていたら、不思議と旧字体が理解できるようになりました。英語を聞き続けていたら、あるとき急に理解できるようになるといいますが、それと似ているのかもしれません。

当時はネット検索が一般的ではなく、検索できたとしても偏の読み方すらわからなかったので、自分の頭で推理しながら、どうにか読み解いていました。

祖父に聞いて読み方を教えてもらったりするのも、なかなか楽しい経験でした。

「**屹峭**《きっしょう》」という言葉を初めて知ったのは、山本周五郎の作品を読んだときでした。屹にも峭にも「けわしい」という意味があり、「屹峭たる断崖」といった表現で用いられます。

一目見て何となく「険しい崖だろうな」と思ったのですが、実際に漢字を調べて意味を確認しました。それでも一度読んだだけでは、なかなか頭に定着しません。2回目に読んだときに、やっと自分の脳内辞書に記録されたという感触があり、自分の小説にも使うようになりました。

同様の経緯で覚えた言葉に「**松籟**《しょうらい》」もあります。籟には「ひびき」の意味があり、松の梢《こずえ》に吹く風をあらわします。ちなみに東京・渋谷には松濤《しょうとう》という高級住宅地がありますが、松濤も松に吹く風を波にたとえていう言葉です。

松風といっても意味は同じですが、松籟は漢語的な表現であり、視覚的にもニュアンスの違いがあります。私の場合、読者の知的欲求度が比較的高いと思われる単行本では、意図的にこういう漢字を使っています。

また、校正段階で全体的に平仮名が多くて緩んでいると感じたときに、少し硬めの漢字を使うと締まりの良い印象が生まれることもあります。

作家によっては特有の語彙もあるので、言葉使いの癖に注目するのも面白い読み方です。

初対面の人とも雑談がはずむ

昭和の高度成長期には、社会人の多くが司馬遼太郎や池波正太郎の作品を読んでいました。だから、作品を読んでいるだけで、職場の上司や同僚とのコミュニケーションが円滑になるという側面もありました。

それに比べて、現在は歴史小説の読者が確実に減っています。小説の話題で雑談が盛り上がるというシチュエーションはめっきり少なくなりました。

しかし、個別の作品の話題で盛り上がれなくても、小説を読んでいれば、それなりに雑談のスキルは上がります。**全国各地の地名や大名家、食材などの雑学知識が知らず知らずのうちに蓄えられていく**からです。

ビジネスでは、地方出身者とお会いする機会が多々あります。私は「どちらの出身ですか?」と尋ねることがよくありますが、「岩手です」という答えが返ってきたら、「岩手といえば盛岡?」と重ねて問います。

たいてい県庁所在地の人口が多いので、これは穏当な聞き方です。

小説で得た知識が生かされるのは、ここからです。

「盛岡じゃないんです」という答えが返ってきたら、とにかく知っている地名を適当に並べていきます。

「花巻、遠野、釜石、大船渡、奥州、一関……」

一発で当たれば盛り上がりますし、逆に10くらい市名を挙げていくと「よく岩手の地名をご存じですね」といわれます。**どっちにしても会話がはずむ**のです。

さらに、「岩手だったら、菊池さんとか及川さんが多いですよね」などというと、「なんでそんなこと知っているんですか⁉」とびっくりされます。

私は苗字から出身地を推測するのも得意です。たとえば、毛利さんとお会いしたら「山口県出身ですか？」と聞きます。長州藩の毛利家に縁があるかもしれないからです。

「うちの毛利は違うんです」

と言われたら、次の仮説をぶつけてみます。

「あ、もしかして毛利秀頼とか、尾張系の毛利ですか？　毛利と書いてモリって読むタイプですか？」

こんなふうに聞いていくと、さらに「よく知ってますねー」と感心されます。

あるいは、出身地の市町村名を聞くと、近隣の城や名所旧跡も思い浮かびます。

「あー○○市ですね。それなら□□って山城ないですか？」と尋ねると、やっぱりびっくりされます。

「ありますけど、地元の人しか知らないようなところですよ。よく知ってますね！」

「一度行ってみたいんですよ」

「いやいや、あんなのただの山ですって」

こんなふうに会話が盛り上がることが、たびたびあります。


歴史の雑学を披露して、周囲から一目置かれるケースもあります。

私が20代の頃、戦時中の資料を展示した博物館を見学したときのことです。展示品の中には千人針《せんにんばり》が置いてありました。千人針とは、１枚の布に１０００人の女性が１

針ずつ赤糸を縫いつけ、1000個の縫い玉を作ったものであり、武運長久・安泰を祈って出征兵士に贈られていたものです。

学芸員さんにいろいろお話を聞いている中で、ふと思い出した知識をしゃべってみたところ、非常に驚かれました。

「千人針って1人1回ですけど、寅年の人は年齢の数だけ縫うことができるんですよね?」

「なんでそんなこと知ってるんですか。お若いのに!」

「虎は千里を行き千里を帰る」という故事から、寅年生まれの女性に年齢の数を縫ってもらうと効果が大きいとされ、糸で虎の絵を描くことも多かった。だから戦時中は寅年の女性が重宝され、あちこちで引っ張りだことなった――。

こんな知識を何かの本を読んだ記憶があったのです。

歴史の雑学は、人生において直接役立つとは限りませんが、人間にある種の深みをもたらしてくれます。教養があれば、格好いい大人になることができるともいえるでしょう。

歴史を学べば議論が深まる

2022年2月、ロシアがウクライナに軍事侵攻して、世界に大きな衝撃を与えました。日本でもこの戦争への関心は高く、報道に心を痛めている人はたくさんいます。ニュースでは街頭インタビューなどで、「早く戦争が終わってほしい」と願う人の姿がたびたび報じられています。

では、同じ街頭インタビューで、「なぜロシアはウクライナに軍事侵攻したのですか？」と聞いたとしたらどうなるでしょうか。70〜80点レベルの回答ができる人は、非常に限られるのではないかと思います。

日本人は知的レベルが高いとされてきたはずなのに、情報があふれすぎているせいなのか、物事を深く知ろうとする意欲が薄れてきているように感じます。大切なのは「どうしてこうなっているのか」に関心を持って調べること。

まずは知識を持つことが、深い議論につながります。

私の解釈では、ウクライナ戦争に関わる発端の重要人物の1人は、チンギス・ハンです。

「究極のところ、チンギス・ハンのせいで今、戦争していると思ってくれたらいいわ」というと、若い世代の人たちは、けっこう興味を持ってくれます。

チンギス・ハンは13世紀に騎馬民族同士の争いに終止符を打ち、民族を統一してモンゴル帝国を建設しました。

モンゴル帝国は中国全土を支配しただけでなく、さらに遠方へと遠征を行い、北はモスクワ、南はベトナム、そして西はポーランドまで版図《はんと》を拡大。一時はドイツとフランスに攻め込み、これを領土にしかねない勢いで世界地図を塗り替えていきます。

このときにロシアもウクライナもモンゴル帝国の支配下に置かれていたのです。

資料を見ると、西洋の騎士たちが団結してモンゴル帝国に立ち向かうものの、完膚なきまでに叩きのめされていることがわかります。

一方で、モンゴル帝国の後裔《こうえい》の一国である元は、東側にも侵略を試み、海を渡って日本に上陸します。これが「元寇」の始まりです。

日本は文永の役（1274年）と弘安の役（1281年）と二度にわたって元の侵略を受けますが、いずれも退けることに成功しています。

元寇について教科書で学んで知っている人は多いのですが、西側はポーランドまで侵攻していたと知ると、モンゴル帝国の巨大さがイメージできます。

また、ヨーロッパがモンゴル帝国に蹴散らされていたのと比べて、日本がモンゴル帝国に勝利していたというのも見逃せないポイントです。

「神風」といわれる大暴風が吹き荒れたなどの理由もありますが、結果的に見ると、当時の日本の軍事力が世界的に見て高い水準にあったことがわかります。

ロシアがモンゴル帝国に征服されてから独立を回復するまでの、約240年にわたる時代を「**タタールの軛《くびき》**」といいます。これはモンゴル帝国に税金や貢租《こうそ》を納めさえすれば、ロシア人に一定の自立性を認める間接支配のことです。

乱暴にまとめていえば、もともと別の国、別の文化圏であり、別の宗教であった場所を、モンゴル帝国が一緒くたに統一してしまったことが、ある種の歪みを生んだのではないかと思います。

私たち日本人は、欧米人から中国・韓国人とほぼ一緒のように見られがちですが、実際には日本人も中国人も韓国人も、それぞれ別の文化を持つ独立した存在であると自覚しています。

同じように、私たちは何となく「ヨーロッパの人たち」というイメージで一括りにしがちですが、ヨーロッパの人たちもそれぞれのアイデンティティを持っているわけです。

そういったアイデンティティはたとえ他国に征服されたとしても、消えずに残っていて、どこかのタイミングで沸々と発芽するのかもしれません。

ロシアにとって「タタールの軛」は大きなトラウマであり、これが周囲からの包囲を極端に恐れる臆病さや、攻撃的な姿勢を生み出しているともいえます。

モンゴル帝国による支配の歴史を学ぶには**『蒼き狼』**(井上靖著)や**『チンギス紀』**(北方謙三著)のシリーズがおすすめです。特に『チンギス紀』ほど、チンギス・ハンという人物を掘り下げた作品を私は知りません。

こうした作品を読んで知識を身につけておけば、さまざまな角度から議論ができます。戦争の問題については、ただ非難するだけでなく、歴史を学んで語ることも重要でしょう。

グローバル時代だからこそ自国の歴史を学ぶ

「もはや海外に出て働く時代だから、日本の歴史を学んでも仕方がない」

グローバル化が進んだ現在、日本国内でもそう考える人が増えているようです。

しかし、海外の人と実際に交流してみると、みんな自分たちのルーツを大切にしていることに気づきます。**自国の歴史を大切にしているからこそ、独自のアイデンティティを活かしながら世界に価値を発揮していける**わけです。

私も海外の人と話をするときに、自然とお互いの国の歴史について意見交換をすることがあります。

以前、アメリカの留学生から「なぜ日本に武士はいなくなったの？　てっきり今もいると思っていたんだけど……」と聞かれ、説明に往生した経験があります。

「武士は今から150年近く前にいなくなったんだよ」

「じゃあ、いったい誰が武士を倒したの？」

「明治という政府を作った人たちだよ」

「その明治政府の人たちは、どこからやってきたの？」

「彼らも武士だったんだよ」

「えっ？　武士が武士を倒したってこと？　武士を倒した武士は、いつから武士をやめたの？」

そもそも明治維新は、世界でもかなり稀有な革命です。

海外の革命によくあるような時の権力者の命を奪うという形ではなく、強烈な自浄作用というか、自分で自分を食べて生まれ変わるような形で政治体制の変革がなされたわけです。

海外の人にはイメージがつきにくく、わかりやすく説明するのは至難の業です。

そう考えると、最低限の知識を学んでおかないと、海外で日本について教えることもできず、「**自分の国のことも知らないの?**」と軽蔑される可能性が高いです。

日本ではよく、外国の人に対して「歴史認識の違い」という言葉を使うことがあります。もちろん歴史を十分に知った上で指摘している人もいるのでしょうが、他国と比較して日本人が歴史に詳しいかというと、そんなことはありません。

むしろ日本人が自国の歴史に疎すぎるせいで、海外の人のほうが日本の歴史を知っているという逆転現象も起きているくらいです。

世界ではいろいろなことが「3大〇〇」という括りで紹介されていますが、**「世界三大古戦場」には、関ヶ原の戦いの「関ヶ原」がランクイン**しています。

あれだけ狭い場所に約17万の軍勢が集まったのは世界史的に稀有な出来事であり、海外では軍関係者を中心に関ヶ原の戦いを学んでいる人が少なくないのです。

「関ヶ原の戦いは特異な戦いだと思うけれど、君はどう考えているの?」

海外の人からこんな質問をされたとしたら、あなたはどう答えるでしょうか。

「答えられないのは日本人として恥ずかしい」とまでは言いませんが、歴史小説をある程度読んでいれば、それなりに自説を主張できるはずです。

海外に出る人こそ、日本の歴史を学んでおくべきだと思います。そこで外国の人と歴史の会話になったときに恥をかかないために、最低でも読んでおきたい歴史小説を10冊挙げてみました。

1『国盗り物語』(司馬遼太郎 著)

斎藤道三と織田信長を扱った作品です。アメリカやカナダなどでは織田信長の人気が高いのですが、これを読んでおけば信長について自信を持って語ることができるはずです。

2『徳川家康』(山岡荘八 著)

アジア圏、特に中国や韓国では家康への関心が高いので、この作品を押さえておけば間違いないでしょう。

3『翔ぶが如く』（司馬遼太郎 著）

視点は薩摩に傾いていますが、幕末から明治期を通史的に知る上でぜひおすすめしたい作品です。

4『沈黙』（遠藤周作 著）

海外にもよく知られている日本の歴史小説の筆頭です。日本人のキリスト教観をよく伝えており、読んでおいて損はありません。

5『炎環』（永井路子 著）

日本初の女性リーダーともいえる北条政子の生涯を描いています。

6『平将門』（海音寺潮五郎 著）

平安時代の中央主権を目指す朝廷と、日本の地方の実態を描いているという意味で、当時の日本という国をよく知ることができると思います。

7 『白村江』（荒山徹 著）

「白村江の戦い」について、名前だけは聞いたことがあっても、詳しく知らない人が意外と多いはずです。この作品から古代の日本と中国の関わりが見えてきます。

8 『聖徳太子』（黒岩重吾 著）

日本の国の成り立ちを知ることができる入門書ともよぶべき物語です。政治家として成長していく聖徳太子の姿を少年期から描いており、感情移入することができます。

9 『大義の末』（城山三郎 著）

主人公は第二次大戦期の軍国青年。近現代史に触れるならこの作品です。城山三郎は、この作品を通じて天皇制についても考察しています。

10『樅ノ木は残った』（山本周五郎 著）

江戸前期の仙台藩伊達家で起こったお家騒動を題材にした物語です。江戸時代の「藩」というものがどういうものであったかをつかむにはよい作品です。

答えは過去の歴史に示されている

ここ数年、ＴＢＳ系『Ｎスタ』や日本テレビ系『真相報道 バンキシャ！』など、テレビの報道・情報番組にコメンテーターとして出演する機会が増えました。

テレビに出演するようになったのは、たまたまオファーをいただいたからですが、「知らない世界を見てみたい」という単純な興味もありました。

作家は〝教養お化け〟であるべきですし、知らない世界を知って損になることはありません。体験できることなら何でもやってやろう。その一心でテレビの世界に首を突っ込んだのです。

実際に出演してみて、これまでの歴史の学びが、けっこう活かされることに気づきました。何かの時事問題について、過去の歴史から近い出来事を引っ張り出し、日本人の変化したところ・変化していないところを語ると、とても喜んでもらえるのです。

やはり私には、歴史という切り口からのコメントが求められているのでしょう。

最近は世界的にSDGs（持続可能な開発目標）の関心が高まり、「日本のSDGsは遅れている」と評されることがあります。北欧諸国が先頭を走っていて、その他の国々が後を追っているという構図で語られがちです。

しかし、歴史を遡ると、日本ほどSDGsが進んでいた国はありません。江戸時代には上水道もかなり整備され、日用品のほとんどがリユース・リサイクルされ、紙の再生も徹底して行われていました。

海外から江戸の町を訪れた人たちが、江戸の清潔な町づくりに驚愕《きょうがく》していたのです。

江戸期を舞台にした時代小説には、どの作品にも当時の生活が描かれていて、人々のエコな暮らしぶりが手にとるように伝わってきます。

つまり、**SDGsの答えは、とっくに先人が出してくれている**のです。

『**家康、江戸を建てる**』（門井慶喜 著）には、江戸という町が形成される過程での治水工事や飲料水の確保などが丁寧に書かれていて、非常に勉強になります。

新型コロナの問題についても、**過去を参照して気づくことがたくさんあります**。

2020年、新型コロナの感染拡大が大きなニュースとなったとき、私はそこまで脅威には感じていませんでした。

現実に入院されたり亡くなられたりした人もいたので、高を括っていたわけではないですが、医学的にはコレラや黒死病ほどの感染力はないと報じられていました。

平安時代に天然痘が流行したときには、医療体制も病床も、知識もないまま感染症と戦いました。それと比べれば現代は、医療技術もかなりの進化を遂げています。

過去の感染症の歴史と比較することで、ある程度、早い段階で被害は少なく終わるだろうと予想がつきました。

そのため、マスクの供給不足から生じた〝マスク騒動〟も冷静に見ていました。

1927（昭和2）年3月、衆院予算委員会で、ときの大蔵大臣・片岡直温が、「東京渡辺銀行がとうとう破綻いたしました」と失言（実際は誤報）したことをきっかけに、国民の金融不安が爆発し、中小銀行を中心に預金者が殺到する〝とりつけ騒ぎ〟が起こったことがあります。

このとき急遽、大蔵大臣に就任した高橋是清《これきよ》は、支払猶予令（モラトリアム）を実施し、その間に表《おもて》だけ印刷した紙幣を大量に刷らせました。

そして各銀行のカウンターに刷り上がった札束を積み上げたところ、預金者は安心して、とりつけ騒ぎが収束したというエピソードがあります。

これと同じように、誰か政府関係者が「マスクを大量に確保します」などとアナウンスすれば、騒ぎはすぐに収まるだろうと踏んでいました。実際、私はマスクを買いだめしませんでしたし、高値になったマスクにも手を出さずに済みました。

「歴史は繰り返す」の言葉の通り、歴史の流れを見ていれば同じような出来事が繰り返されています。だから、**一見新しい出来事に直面してもおおよその解が見つかったり、予測がついたりする**のです。

ピンチに発動してきた日本の免疫力

前述したように、テレビに出演すると、日本の政治についてコメントを求められる機会がたびたびあります。

正直なところ政治については門外漢ですし、日本の政治家の頑張りが足りないなどと偉そうに語るつもりもありません。ただ、昔と今で政治家の質が大きく変わっているのは感じています。

決定的な違いは、腹の括り方にあります。

明治から戦前の時代までは、現代と比べて暗殺事件の発生件数も多く、政治家にはいつ死んでもおかしくないという緊張感がありました。緊張感を抱きつつ、たとえ非難をされようが、国民を生かすためにすべきことをやり抜いていました。

大久保利通は、初代の内務卿（現代でいうと総理大臣）でしたが、**公共事業に私費を投じ、多額の借金を作っていた**という逸話があります。しかも、債権者たちは大久保の借金の使い道を知っていたので、死後は遺族に対して返済を求めなかったといいます。

今も国民のために仕事をしている人がいるとは思いますが、戦後から大きく政治のあり方が変わり、政治とカネのような問題が頻出するようになったのは事実でしょう。

私が現役の政治家にぶつけたいのは、**「それ以上お金を得てどうするつもりなのか」**という疑問です。今の政治家は、国民の平均所得と比較すれば多額の給与にあたる歳費以外に、月100万円も支給される「調査研究広報滞在費」(旧・文書通信交通滞在費)などの経費も支給されています。しかも、民間ではあたり前の「領収書」は不要ですし、「残金の返却も不要」というルールになっています。

すでにお金持ちでありながら、これ以上お金を増やすことと歴史に名を残すことのどちらを目指しているのか、どうして後者に興味を持たないのかと思うのです。

今後、本当に明治の元勲と同じくらいの覚悟で政治に取り組む人が出てきたら、日本の政治は大きく変わっていくはずです。それを期待する反面、もはや無理なのではと冷静に捉えている自分もいます。

ただ、一つだけ希望があるとすれば、**これまで日本がピンチに陥ったときには、救世主となる人材がいきなり登場してきた**ということです。

日本を一体の生き物だとすれば、これまで本当に生存本能が脅かされたときには、特別な免疫機能を発揮して病巣や傷を治療して回復させるような現象が何度となく起きているのです。

そういう特別な免疫力が日本に残っていたら、という希望は持っています。今の日本に免疫力が働いているようには見えませんが、もしかすると日本はまだ本気で追い詰められていないのかもしれません。

歴史を踏まえて日本の教育を考える

今、日本では教師不足と教師の過重労働が大きな問題となっています。文部科学省の「令和3年度公立学校教職員の人事行政状況調査」によると、精神疾患で休職した教師の数は5897人で、過去最多となっています。

教師の長時間労働の原因はさまざまですが、公立学校の教員に残業代を支払われないと定めた法律や休日の部活動などにより、〝定額働かせ放題〟の状況が野放しになっている現状が問題視されています。

日本はもともと教育大国であり、待遇が良くなくてもやりがいを求めて教師を目指す若者がたくさんいました。しかし、過酷な勤務実態はなかなか改善されず、今や若者が教師になりたいと思えないような国になっています。

歴史を見れば、教育に力を入れない国は確実に衰退しています。どうにかして日本の教育を復興させる必要があります。

そこでヒントとなるのが私塾の存在です。日本には近世から近代初期にかけて、私塾が教育の一端を支えていました。

私塾とは江戸時代に儒学者・国学者・洋学者などの民間の学者が開設した私設の教育機関。武芸や技芸を教える塾もあり、身分にかかわらず自由な教育が施されていました。

江戸前期には中江藤樹《とうじゅ》の藤樹書院、伊藤仁斎の古義堂《こぎどう》、中期には荻生徂徠《おぎゅうそらい》の蘐園《けんえん》塾《じゅく》など儒学の教育が主流でしたが、中期になると本居宣長《もとおりのりなが》の鈴屋《すずのや》のような国学の塾が現れます。

そして、後期にはシーボルトの鳴滝塾《なるたきじゅく》、緒方洪庵《おがたこうあん》の適塾《てきじゅく》に代表される洋学塾が見られるようになり、幕末には吉田松陰《しょういん》の松下村塾《しょうかそんじゅく》のように政治的な教育を行う塾も登場しています。

現代では「塾」というと受験のための学習塾のイメージが強いですが、これだけ多様性がうたわれているのですから、もっといろいろな塾があってもいいと思います。

昨今は会社の定年を迎えた人が、大学で学び直すケースも増えていると聞きます。勉強熱心なのは素晴らしいですが、社会で何かをやり遂げた人が教える側に回ることも必要ではないでしょうか。

シニア世代には「私たちの知識はもう通用しない」という遠慮もあるでしょうが、本の読み方や問題解決の仕方など、若者に受け継ぐべき知的資産は少なくないはず。

歴史小説には、前述した『**世に棲む日日**』のように、私塾をとり上げた作品も多数あります。過去の教育法をヒントに、日本の教育を立て直す動きが盛り上がればと期待しています。

もう一度チャレンジ精神をとり戻そう

物語の展開はいくつかのパターンに類型化されます。その中で日本の歴史小説には「滅びの美学」を描くパターンが多いように感じます。

判官贔屓《ほうがんびいき》という言葉があるように、日本人は負けゆく者に同情し、あわれに思う気持ちが強い民族なのでしょう。

では、なぜ日本人は滅びの美学に共鳴するのでしょうか。私の仮説では、**滅びの美学への共鳴の裏側には憧れがある**と考えています。

日本人には自分の感情を押し殺し、不本意な生き方を耐え忍ぶ人が多かったのかもしれません。生きたいように生きるのを我慢してでも、何かを守る。それも立派な生き方ではあります。
一方で、たとえ滅ぶことがわかっていても、自分の信念のために無謀な道を歩んでしまう人に対して、憧れに似た感情を持つのではないでしょうか。

「滅びの美学」を体現した人物といえば、源義経や楠木正成、明智光秀、石田三成などが思い浮かびます。大坂の陣で徳川に一矢報いようとした真田幸村などは、滅びの美学の究極的な存在ともいえます。

小説でこういった人物の活躍や悲劇の物語を読み、ただ共感するだけでもいいです。ただ、現代はもう少し違う見方もできると思います。

幸いにも、現代人は失敗しても命まで奪われる可能性はほとんどありません。起業をして失敗し、借金を抱えて自己破産をしたとしても、生活は苦しくなるかもしれませんが、生活保護などを受給して最低限の生活を送ることはできます。

厳しい制約はありますが、一度事業に失敗した人が再び起業することもルール上は許されています。つまり、簡単なことでは身を滅ぼさなくて済む世の中になっているのです。

そう考えると、今は挑戦しやすい時代です。命までとられることはないのですから、自分を押し殺す必要はなく、大胆にやりたいことをやればいいのです。

このように、**少し前向きな視点で滅びの美学を解釈すれば、日本人のあり方も変化していく**と期待しています。

他の学問にも興味が広がる

すべての学問はつながっています。一つの学問を追究していくと、必然的に他の学問の追究へとつながります。そして歴史学は、このつながりが起きやすい学問分野といえます。

前述したように、歴史が好きになれば、地理も得意になります。また、NHKの人気街歩き番組『ブラタモリ』を見ていると、地質学や鉱物学といった地学系の話題が頻繁に出てきますが、それが土地の歴史と不可分に結びついていることがよくわかります。

そのせいか、私も学生時代は地学を非常に得意としていました。天文学も好きで、北斗七星を構成する星も破軍《はぐん》、廉貞《れんてい》、文曲《もんごく》……などと中国名で記憶していました。一方で、当時は物理と化学にはあまり興味を持てず、熱心に学ぼうと思えませんでした。

ところが、小説家になってからというもの、遅ればせながら化学が少し得意になってきました。

きっかけは『**羽州ぼろ鳶組**』を書き始めたことです。この作品は江戸期の火消組の活躍を描くので、必然的に作中で火災の起こり方にも言及します。出火のパターンを調べていくにあたり、化学反応についての知識も少しずつ増えてきました。

出火につながる化学反応は何百パターンもあるのですが、江戸時代に生成可能な物質であるかどうかも調べる必要があります。そこで硫黄の歴史や火薬の歴史にも、どんどん詳しくなっていきます。

「学生時代に苦手だった科目でも、大人になってからこんなに学びを深められるんだ」というのは、自分にとって大きな発見でした。

生物学にも、ずいぶん詳しくなりました。たとえば、私たちが日常的に食べているトマトは、もともと観賞用として17世紀の日本に伝わってきたものです。あるいは、観賞用の花として知られるハイビスカスは、日本では「菩薩花」と呼ばれていました。

ハワイの州花であることからわかるように、世界の熱帯、亜熱帯、温帯地方に分布する花でもあります。日本の本州では栽培が難しく、火鉢で温めながら育てていたので、お金がかかりすぎると文句を言われていたそうです。

これらも、歴史小説を読んだり書いたりする中で身につけた雑学です。

さらに、歴史は数学にも通じています。私が小説を書くときには、電卓を叩いて計算することが、けっこうあります。石高《こくだか》ごとの兵数などを計算する必要があるのです。**『塞王の楯』**を執筆したときは、大砲の砲撃の角度を計算する必要に迫られ、編集者と一緒にｓｉｎ（サイン）・ｃｏｓ（コサイン）を使いながら、図を使って計算しました。

このように、歴史から他の学問へと学びを広げていけば、教養は深みを増します。まさに学びに終わりなしです。

歴史小説をきっかけに学びを深める

私はウィキペディアを閲覧するのが、わりと好きです。ウィキペディアで「坂本龍馬」を調べると、龍馬の人生や功績をひと通りチェックできます。

しかも、解説文の中には、たくさんのリンクが貼られていて、「北辰一刀流」や「安政の大獄」といった項目にすぐに飛べるようになっています。

北辰一刀流の項目を読んでいて「千葉周作」という人物が気になれば、それをクリックして調べていく……。情報の正確性には注意が必要でしょうが、数珠つなぎに知識を深めていける非常に便利なツールといえます。

ただ、ウィキペディアには、インスタントな勉強法であるがゆえの落とし穴があります。読んだ内容をすぐに忘れてしまいがちなのです。

その点においては、やはり本には一日の長があります。本を活用して、ウィキペディアと同じように数珠つなぎに知識を深めていけば、圧倒的に脳に定着します。

ウィキペディアは遠くから引き出し（脳の引き出し）に向けて紙（知識）を飛ばし、入ったらＯＫ、入らなかったら仕方がないというイメージ。これに対して**読書は自らの手で紙を運んで、確実に引き出しにしまう**というイメージでしょうか。

本で知識を増やしていけば、いつの間にか引き出しの中がいっぱいになります。新たな引き出しを持ってきて、そこに知識を詰め込んでいけば、いつの間にか「知の壁」のようなものができあがります。

まさに教養が確立された状態です。

教養が確立されれば、引き出しの中の知識と知識を組み合わせて、斬新な意見を発表できるようにもなります。**答えを出すのが難しそうな課題に直面しても、いろいろな知識の組み合わせの中から、最も妥当な方法を見つけ出せるようになる**わけです。

とはいえ、肩肘張らずに、まずは楽しむことが一番です。「賢くなろう」「上手いことを言ってやろう」などとは考えず、興味のおもむくままに小説を読んでいるだけで十分です。

読んでいるうちに、確実に自分の中の何かが変わってきます。

不自然に曲がっている道を目にしたときに、「どうしてこうなったんだろう?」と興味を持ち、何かの歴史に関係しているだろうと仮説を立てて調べる。

こんな習慣が身につけば、それだけで人生は楽しくなっていきます。ぜひたくさん本を読んで、教養ある人生を送ってください。

日本の地名“消えすぎ問題”

128ページで日本の地名を聞けば名所旧跡が思い浮かぶという話をしましたが、歴史小説を読んで地名や史跡に詳しくなると、日本全国どこの人と会っても会話が弾みます。

誰しも郷土に誇りを持っていますから、郷土の地名や名所旧跡を口にするだけで、けっこう喜んでもらえるのです。

私は苗字から出身地を推測するのも得意で、初対面の人の出身地を当てて驚かれることがよくあります。ちなみに司馬遼太郎先生は、人の顔立ちを見て出身地を当てるのが得意だったそうです。

とはいえ、日本の地名に関しては由々しき問題が起きています。平成期に政府主導で市町村合併が推進された、いわゆる「平成の大合併」により、古くからある地名が消えてしまったという問題です。

古くからある地名には、その土地の歴史が引き継がれています。せっかく由緒のある地名を消滅させる必要があったのか疑問に思うのです。

平成の大合併では、さいたま市（埼玉県）、にかほ市（秋田県）、かほく市（石川県）、あわら市（福井県）などのひらがな地名が増えただけでなく、南アルプス市（山梨県）というカタカナ地名も誕生しました。たとえば、栃木県塩谷郡氏家《うじいえ》町と喜連川《きつれがわ》町が合併して生まれたのが「さくら市」です。「氏家」という地名は鎌倉末期に宇都宮公頼《きみより》という武士が領内を「氏家郡」と称し、自ら「氏家氏」を創設したという歴史があります。

一方、喜連川という地名の由来ははっきりしませんが、この地域に流れる川が「狐川」と呼ばれていたから、などの説があります。「さくら市」はさわやかでよいのですが、歴史を知る手がかりは失われてしまっています。

地名以外にも、高輪ゲートウェイ駅や虎ノ門ヒルズ駅のように鉄道の駅やバス停にカタカナを使うケースも増えています。

高輪ゲートウェイ駅が誕生するにあたっては駅名の一般公募が行われたのですが、公募で1位だった「高輪駅」、2位の「芝浦駅」といった駅名を差し置き、130位（36件）の駅名が選ばれています。

私の地元の京都府木津川市にも「木津南ソレイユ」というバス停があります。「ソレイユ」というのはフランス語で太陽、ヒマワリの意味を持つ言葉です。梅谷《うめたに》という地名があるのに、とモヤモヤした気持ちになります。

梅谷といわれれば、「梅が咲く谷があったのだろう」と想像ができます。しかし、ソレイユといわれるとどんな町なのか皆目見当がつきません。

市町村が合併する場合は、もともとの地名の中から素直に選べばいいと思うのですが、地元住民の意見の対立などから、なかなか単純にはいかないのでしょう。

「特定の地名を採用したら、消滅した地名の住人に不満が残る」

「カタカナを使ったほうが不動産価値が上がりやすい」

理屈はわかりますが、歴史ある名前を簡単に消滅させていたら、ますます歴史が顧みられなくなってしまうのではないか。それを思うと残念です。

第5章

歴史小説を読んで旅行を楽しむ

歴史小説を読めば旅の楽しさが倍増する

先ほどのコラムでも触れたように、私は日本各地の地名を聞くと、その土地に関連した名所旧跡が、すぐに思い浮かびます。

「あの町には、あの大名に関係する寺があったはず」

「○○の戦いで使われた城があったんじゃないか」

「□□派の寺があるよね」

こんな具合にすらすらと情報が出てきます。特別記憶力がいいというより、長年、歴史小説を読み込んできたからではないかと思います。

何事もそうですが、地道に継続していると、飛躍的に実力が伸びるタイミングを迎えます。たとえば、ギターなどの楽器を習い始めたとき、最初の頃は全然上手くいかないのですが、ある時点を境に急に上達することがあります。

私がダンス・インストラクターをしていたとき、１年間まったく伸びなかった子が、あるときを境に急に伸びる姿を何度となく目にしてきました。

歴史の学びもそれに似ています。知識がないときには、旅先で史跡を見ても興味のアンテナが反応しません。「あー、そういえば源頼朝っていたよな。あの人に関係している場所なのね」という感じで情報をスルーしてしまいます。

しかし、歴史小説を読んでいると、だんだん変化が生じます。最初は単純に物語を面白がって読んでいただけなのに、それが1年、2年と続くと、**興味と知識が結びつくようになる**のです。

すると、ふと旅行をしたとき、旅先での反応も変わってきます。

「え⁉　源頼朝って、ここでこんなことしたんだ！」「これって、いつのタイミングだったんだろう？」といった感じで食いつきがよくなってくるのです。

偉人のお墓を見つけたときにも「なんでここにお墓があるの？」という疑問を持ち、自分でスマホを検索して調べる。

「なるほど、ここで最期を遂げたのか」

史実を知るだけで、その場にいる喜びを感じられるようにもなり、いつしか地名と史跡が結びつくようになるわけです。

今は若い世代の女性にも〝御朱印集め〟が流行っていると聞きます。とてもよい傾向だと思っています。せっかく神社やお寺に行くのなら、その神社やお寺の由緒にも興味を向けてはいかがでしょうか。

歴史を知る喜びに気づくと、さらに情報が連鎖的につながり、もっと知識が深まるという好循環のループに入ります。つまり、**歴史を知れば旅の楽しさが1・5割増しくらいになる**のです。

「古地図を歩く」という楽しみ方

御朱印集めに続いて、私がこれからブームになると予想しているのが「古地図を歩く」という旅の仕方です。

たとえば、京都府の南部、今の京都市伏見区南部から宇治市西部、久御山町《くみやまちょう》の北東部にかけての一帯に、かつて「**巨椋池《おぐらいけ》**」という巨大な湖が存在していました。

大きさは周囲約16キロで、面積は約８００ヘクタール。甲子園球場の約２００倍の広さを持ち、京都府で一番大きかった湖です。

この巨椋池は豊かな漁場でもあり、明治期には景勝地としても賑わっていたのですが、昭和に入り水質汚染の問題が深刻化。マラリアの発生源にもなったため、干拓により完全に埋め立てられてしまいました。

古地図や過去の写真で巨椋池を見ると、その巨大さに驚きます。古地図を見ながら巨椋池の跡が、今どうなっているかを歩いて調べるのも楽しそうです。

特に古地図歩きに最適なのが東京です。江戸の古地図はたくさん残されていますし、今の時代は、江戸や京都の古地図がスマホのアプリにもなっています。ボタン一つで簡単に過去と現在の地図を対照できるので便利です。

しかもアプリには、史跡の解説も充実しているので「ここで大久保利通が暗殺されたのか」などとわかるようになっています。

旅行中の人は散策しながら、地元の人はウォーキングしながら、「今日は『鬼平犯科帳』の長谷川平蔵の屋敷跡を見に行こう」などと小説と地図アプリを組み合わせて楽しむのもいいですし、「この店って当時から同じ場所にある！」と発見するのも楽しいです。

ちなみに、東京で江戸時代から同じ場所で営業しているデパートは「**日本橋三越本店**」と「**松坂屋上野店**」の2店です。歩いて実際に建物を見ると、新鮮な感動があるはずです。

古地図歩きの究極の遊び方は、東海道や中山道の宿場町を踏破するウォーキングの旅かもしれません。別に一気に歩き通す必要はなく、休暇のたびにお遍路感覚で少しずつゴールを目指すのも面白そうです。

「『真田太平記』に出てきた忍びの者は、この距離をこんな短時間で踏破したんだ！」などと楽しめること請け合いです。

新しい技術を使って楽しむという意味では、最近は観光の分野でVRを活用する自治体が増えつつあります。VR（Virtual Reality）は仮想現実とも呼ばれ、映像を視聴することで、あたかもその空間にいるような感覚が得られる技術です。

自宅にいながらVRで観光気分を味わえるという使い方もありますが、リアル観光と組み合わせた体験型VRもあります。

たとえば、**滋賀県の国宝・彦根城では、VRを使って弓矢や鉄砲で攻撃してくる敵を倒すといった城攻めゲームを体験できます。**

何もない草原や山を見て、かつての戦いを想像する。これも歴史旅の醍醐味ですが、初心者にはちょっとハードルが高いのもたしかです。今は各自治体が史跡を活用した観光振興に力を入れているので、VRの活用は非常によいとり組みだと思っています。

このように、旅先で歴史を学ぶ環境は整いつつあります。

食文化の違いに注目してみよう

日本では同じ食べ物を地域によって別の名で呼んでいたり、その地域独自の食べ方をしていたりすることがあります。

旅行先で名物料理を食べて満足するのもよいですが、**歴史の思考回路を使って「な**

ぜそうなったのか？」を考察してみるのも一興です。

たとえば、私が育った京都府南部では、お正月に鱏《えい》を食べる風習があります。子どもの頃は、それが普通だと思っていましたが、大人になってから必ずしも一般的ではないことに気づき、さらに鱏が私の地元のみならず、山陰の山奥や山形の新庄などでも好んで食べられている事実を知りました。

そこでふと「どうして、これらの地域で鱏を食べるのか？」という疑問が湧きました。調べてみると、鱏を食する地域は海から離れていることがわかりました。

鱏は体内に尿素を蓄えていて、鮮度が下がるとアンモニアが生じます。そのアンモニアには腐りにくいという効用もあるので、海から離れた内陸部でも食べることができたのです。

もう一つ関西の食べ物を例に挙げると、京都人は夏に好んで鱧《はも》を食します。私も大好きで昔からよく食べてきたのですが、関東人には一度も食べたことがないという人が多くて驚きました。

地元ではスーパーの天ぷら売り場コーナーで、鱧の天ぷらが普通に売られているくらいです。鱧は湯引きして食べるだけでなく、天ぷらや蒲焼きにしても楽しめます。

鱧が夏の京都で食べられるのにも、歴史的な理由があります。行商人が魚を入れた箱を担いで運んでいた時代、生命力が強い鱧は夏場でも京都まで生きたまま届けることができたのです。

行商人が鱧を運ぶ途中、箱から逃げ出した鱧が地面を這いながら逃げ出した。そんな光景を見た京都人が、鱧を海の幸ではなく山の幸に分類するようになったという話もあります。

あるいは大根という身近な食材をとっても、秋田には「いぶりがっこ」という燻製《くんせい》干しのたくあん漬けがあり、私が住む滋賀には「ぜいたく煮」というたくあんの煮物があります。

時代小説には、かなり頻繁に食べ物が登場します。時代小説を読んでいると、食べ物の知識も増えるので、旅先の料理屋さんで知識を披露して地元の人との会話が弾むこともあります。

なぜ歴史小説よりも時代小説に食べ物が描かれやすいのかというと、やはり時代小説には市井の暮らしが多く描かれるからでしょう。

ドラマの時代劇で主人公がお酒を飲んだり、うどんを食べたりしているのを見ると美味しそうだと感じるのに、大河ドラマで信長が食事をしているシーンを見ても、それほど美味しそうに思えないのを考えればわかりやすいかもしれません。

池波正太郎の『鬼平犯科帳』や『仕掛人・藤枝梅安』などの時代小説には、実に美味しそうな食事のメニューがしばしば描かれます。

池波先生自身が食通であり、『食卓の情景』『散歩のとき何か食べたくなって』といったグルメエッセイもたくさん残しています。本当に食べることが好きで、食に対する好奇心が小説にも生かされていたのでしょう。

最近の作家は、編集者から「食べ物のシーンは入れてください」とリクエストを受けることがよくあるとも聞きます。**食べ物を魅力的に描けるかどうかが、作品の成功要因の一つになっているの**です。だから、みんな池波正太郎作品を見習いながら、こぞって食の描写を練習しています。

「まつり旅」で感じた全国各地の風土

私は2022年5月から9月にかけて、「今村翔吾のまつり旅」という日本一周の旅をしました。同年1月に直木賞を受賞したことの感謝を伝えるため、全国47都道府県の書店や学校を巡って、読者と交流することが目的のツアーです。

約4か月の間、一度も自宅には帰らず、ワゴン車に執筆机を設置して、移動中に執筆し続けました。

各地に思い出が残っていますが、初訪問となった島根県の松江などは本当に魅力的で大好きになりました。昔ながらの川や堀を残しつつ、適度に都市化もされていて、なおかつ昭和のノスタルジーも感じられる、バランスの良さに惹かれました。

全国各地に足を運び、あらためて感じたのは**地方ごとの風土の違い**です。

私が旅した時期は、コロナ禍がやや小康状態にありましたが、旅を続けていくうちに、町の中心部の人出に地域差があることに気づきました。

あくまで私個人の体感であることを断った上で、圧倒的に繁華街の活気が戻っていたのは九州・沖縄であり、戻っていなかったのが東北です。また、事前のイメージに反して、九州並みに賑わっていたのが新潟県でした。

さらに意外だったのは、関西中心部で外出している人が、東京よりも少なく見えたことです。これにはいろいろな理由があるのでしょうが、コロナに対する受け止め方の違いも反映されているように感じました。

今でこそ地域性は随分薄れているものの、過去の歴史を現在に引き継いでいる地域はたくさんあります。

有名なところでいうと、青森県の津軽地方と南部地方（現在の岩手県中部から青森県東部）は犬猿の仲だという話があります。かつて南部氏が青森県全域を支配していたところから、津軽地方が独立したのが理由とされています。

明治新政府軍と旧幕府軍による戊辰戦争（１８６８年1月27日～１８６９年6月27日）がきっかけで福島県会津若松市では、長州（山口県）・薩摩（鹿児島県）人を敵対視しているというのも知られています。

ひと昔前は、会津の旅館で宿帳に山口県の住所を書いたら宿泊を拒否されたという話もあったくらいです。

ポジティブな歴史の記憶だけでなく、ネガティブな記憶も時代を超えて引き継がれることがわかります。

たとえば、**『王城の護衛者』**（司馬遼太郎 著）は、幕末の会津藩主・松平容保を描いた作品であり、長州に対する確執を読み解くうえでは格好のテキストといえます。

また、**『一刀斎夢録』**（浅田次郎 著）は、幕末期に新撰組で活躍し、明治維新後は警視庁の警察官となり、西南戦争（１８７７年）では抜刀隊として従軍した斎藤一《はじめ》の物語。抜刀隊には会津出身者が多く、戊辰の仇を討つために薩摩軍に斬りかかったというエピソードもあり、そのあたりの背景がよくわかる作品です。

私が「まつり旅」の最中に気づいたのは、**繁華街と駅が異常なくらい離れている町があるということです。**

多くの町では、鉄道の駅からタクシーでワンメーター、もしくは歩いて行ける距離に繁華街があります。少々離れたとしても、横浜（中心となる駅）から元町・中華街（繁華街）のようなに鉄道で二駅分くらいのイメージです。でも、そんなイメージを覆す町が、いくつかあったのです。

最初に意識したのは山口県の下関を訪れたときでした。繁華街の飲み屋さんに向かう途中で、「どうしてこんなに駅から離れているんだろう」と思いました。

そして、次に気づいたのが青森県の八戸でした。八戸駅から繁華街までは実に7キロ近くもあります。ちなみに東京～品川間のJR営業距離は6・8キロですから、それよりも離れています。

自分なりにそうなった理由を考え、地元の人と答え合わせをしたら、これが正解でした。

要するに、下関や八戸に共通するのは、鉄道の駅が開通するよりも先に、港を中心に栄えた町であるということです。港を中心に町が形成され、その後で鉄道の駅ができているのです。

こういった町では、**鉄道というインフラが登場したときにも反発心が強く、結果的に離れた場所に駅が設置されがちだった**そうです。

滋賀県でも似たような現象が、彦根市で起こっています。彦根市の中心部は琵琶湖に面した彦根城の旧城下町にあたり、内陸のJR彦根駅からは離れています。

これは琵琶湖で水運が発達し、明治期まで物流の中心であったからに他なりません。旅先で町の歴史に注目すると、たくさんの学びがあります。

もちろん、小説にも日本の地形や地理は描かれています。

日本では長らく、海が物流の中心でした。戦国時代の日本の海賊を描いた『**海狼伝**』（白石一郎著）などの作品からは、日本における海の重要性を深く学ぶことができます。

白石一郎先生自身が海洋小説をたくさん手がけており、小西行長を主人公とする『**海将**』は海によって立身出世した偉人の物語といえます。

また、『**菜の花の沖**』（司馬遼太郎 著）は、江戸時代の廻船商人・高田屋嘉兵衛が主人公であり、日本人が海をいかに重要視していたかがよくわかります。

一方、江戸時代には、海運に携わる人たちが海外に漂流する事例も頻発したため、日本人は海に恐れを抱いていました。

ちなみに日本に初めて海水浴という文化を紹介したのは、幕府将軍侍医であった松本良順であるとされています。良順が海水浴の医療効果を説いたことにより、神奈川県の大磯に海水浴場が開かれ、海水浴という文化が一般にも広まったのです。

松本良順を描いたものには、**『暁の旅人』**（吉村昭 著）などがあります。

全国にある小説家の記念館

日本には文学者の業績を紹介する文学館があり、歴史小説家の文学館も全国に点在しています。次ページに主なものをピックアップしてみます。

「旅行で行くなら」という条件で作家の記念館を挙げるなら、**司馬遼太郎記念館や池波正太郎真田太平記館などがおすすめ**です。

面白いことに井上靖の記念館は三つもあります。前述した「まつり旅」で鳥取県を移動していたとき、井上靖記念館の案内板を見て「あれ、鳥取は関係なかったはずな

全国各地の主な歴史小説家の文学館

池波正太郎記念文庫（東京都台東区）
池波正太郎真田太平記館（長野県上田市）
井上靖記念館（北海道旭川市）
長泉町井上靖文学館（静岡県駿東郡長泉町）
井上靖記念館（鳥取県米子市）
長崎市遠藤周作文学館（長崎県長崎市）
大佛次郎記念館（神奈川県横浜市）
笹沢左保記念館（佐賀県佐賀市）
司馬遼太郎記念館（大阪府東大阪市）
坂の上の雲ミュージアム（愛媛県松山市）
直木三十五記念館（大阪府大阪市）
鶴岡市立藤沢周平記念館（山形県鶴岡市）
山田風太郎記念館（兵庫県養父市）
青梅市吉川英治記念館（東京都青梅市）

のに……」と首をかしげました。よくよく聞くと、戦時中に家族を疎開させた縁のある土地なのだそうです。

山田風太郎記念館は何回も見学に訪れているのですが、山奥にあることもあり、毎回のように見つけられず、通り過ぎては戻るを繰り返しています。

なぜか笹沢左保記念館も山深い場所にあります。

今、文学館は財政上の問題から施設を維持するのがどんどん難しくなっています。海音寺潮五郎記念館は残念ながら閉鎖してしまいましたし、吉川英治記念館もいったん閉館した後、寄付を受けて再開にこぎつけた経緯があります。

作家の故郷に記念館を設立したいという気持ちはわかるのですが、いっそのこと東京などに全作家の資料を集めて、大きな「作家記念館」を設けたほうがいいのではないでしょうか。コスト的にも集客的にも、そのほうがメリットが大きいのではないかと思うのです。

ところで、司馬遼太郎記念館では、司馬遼太郎の書斎を窓越しに見学することができます。万年筆や色鉛筆などがそのまま置かれていて、亡くなった日から時が止まっているかのようです。

それを見て、私は自分の秘書に言いました。

「俺が死んだら、書斎をそのまま残してほしい。ただし、万が一見られたら困るようなものがあったら、それだけはすぐに捨てておいてね」

冗談はさておき、記念館に行くようになったら、もう立派な歴史小説マニアといえるでしょう。

自分だけの歴史旅を楽しもう

歴史に興味を持てば、旅の仕方が変わり、寺社仏閣や城をメインに旅行計画を立てるようになるかもしれません。

城や寺社以外にも、歴史を感じさせるものは無限にあります。たとえば、室町時代の着物が好きになったら、着物をテーマに旅をする楽しみが生まれます。興味のあるものから広げていけば、自分だけの旅を追求していけます。

「好き」が強くなると、対象が細分化していくこともあります。

たとえば、電車好きは車両を愛でる「車両鉄」、路線の乗りつぶしに励む「乗り鉄」、鉄道写真を撮って楽しむ「撮り鉄」、時刻表を見ながら架空の旅にふける「時刻表鉄」などに分類されます。

同じように、ひと言で「城好き」といっても、天守閣だけ好きな人や石垣だけ好きな人、破風《はふ》(屋根の三角になっている部分の側面)だけを強烈に愛している人もいます。

自分が好きなものをマニアックに追い求めていくのも悪くありません。

別のディープな旅の楽しみ方は、**歴史小説に出てきた舞台を巡る**というものです。たとえば『竜馬がゆく』を読み、坂本龍馬にゆかりのある場所を一つひとつ訪ねていくという「聖地巡礼」の旅です。

龍馬は生前あちこちを動いた人なので、全国各地に「聖地」があります。東京であれば、龍馬が剣術修行をしていた**千葉定吉道場跡**が、東京駅に程近い中央区八重洲にあります。

京都には龍馬が伏見奉行所の捕方《とりかた》（罪人をとらえる役人）に急襲され、難を逃れた**寺田屋**もありますし、**神戸海軍操練所跡地**はかつて龍馬が操船術を学んだ場所として知られています。龍馬は海軍操練所の設立基金の援助を福井藩に求める際の使者になっており、福井市内でもいくつかの史跡を見学することができます。

また、龍馬が紀州藩を相手に損害賠償訴訟を起こし（いろは丸沈没事件）、談判を行った場所が広島県福山市の港町である鞆《とも》の浦に残されていますし、龍馬が日本で初めて新婚旅行をしたとされる鹿児島県霧島市を訪れてみるのも一興です。

坂本龍馬 脱藩の道（ルート）

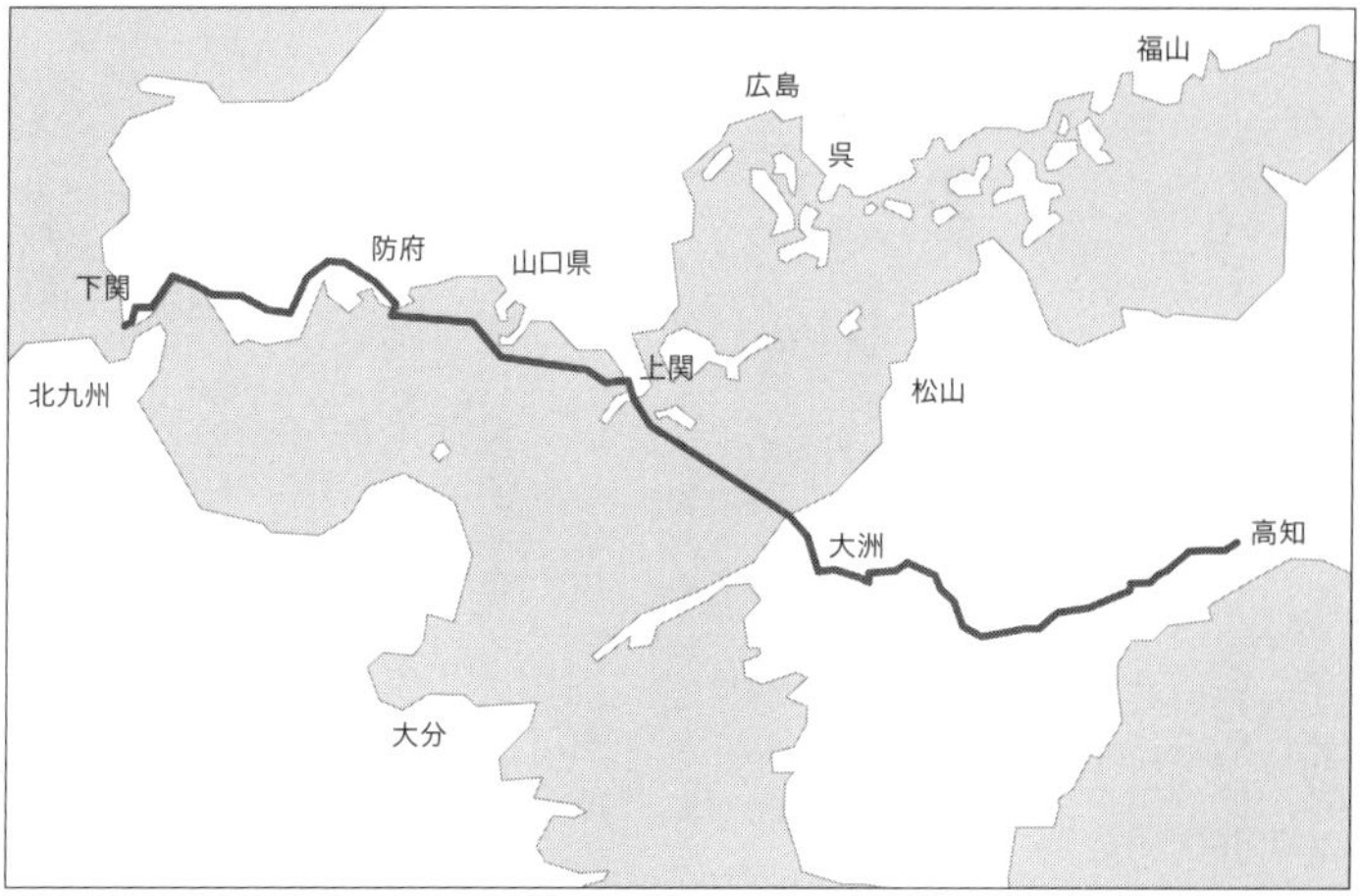

土佐（高知）から伊予（愛媛）、長州（山口）の下関までの道のり

有名どころでいうと、長崎には亀山社中記念館やグラバー園など龍馬の足跡を残す場所がいくつも存在しています。たとえば、史跡料亭 花月には、龍馬がつけた刀傷の跡が床柱に残る「竜の間」もあります。

そして、**絶対に外せないのが龍馬生誕の地・高知**です。高知を訪れると、そこで龍馬がいかにリスペクトされているかを肌で感じることができます。

県内にいくつもある龍馬像を撮影して回るのも楽しそうですし、体力に自信がある人は「龍馬脱藩の道」を自ら歩けば彼の志に思いをはせることができるでしょう。

坂本龍馬脱藩のルートについては、ネットでキーワード検索をかけるといろいろとヒットしますが、たとえば「脱藩の道．ｃｏｍ」(http://www.dappannomichi.com/) などを参考にしてみてもよいでしょう。

このように歴史小説好きの中には、「主人公が死んだ場所を見てみたい」「主人公が見ていたのと同じ景色を見てみたい」という人が、けっこういます。

京都の醍醐寺という寺は桜の名所の一つですが、豊臣秀吉が最晩年に「醍醐の花見」という壮大な花見を行った場所としても知られています。醍醐時で桜を見れば、秀吉が見ていたのとほぼ同じ景色を堪能できるわけです。

こういった歴史を巡る旅は、お金はかかりそうですが、**身につく教養度を考えればコスパの良い趣味**だと思います。歴史を巡るだけでなく、同時に地元のグルメや美術館を楽しむのもアリですし、スポーツイベントの遠征にからめて歴史旅をしてもいいのです。

テーマパークで遊んだり観光地で食べ歩きをしたりするのもいいでしょう。私自身も大好きです。でも、たまには歴史旅も楽しんでいただけたら嬉しいです。

なぜ歴史小説は“長編優位”なのか

現在の歴史小説には長編作品が多いことにお気づきでしょうか。

小説には長編・中編・短編などの区分があり、短編と長編では使う筋肉が違うといわれます。短編はワンテーマに絞って余計なものをそぎ落とし、長編はテーマを交錯させながら織物を織っていくようなイメージでしょうか。

作家の中には、短編が得意で長編を苦手とする人もいますし、その逆もいます。

現在の出版業界で書き手に求められるのは、長編を書く能力です。現実的な話をすると、短編を書けなくても長編を書ければ食べていけます。短編の能力はいらないと断言してもいいくらいです。

では、なぜ長編優位の状況が生まれているのか。これはひとえに出版不況に原因があります。かつて文芸誌が売れていた時代は、「いろいろな作家の短編を読みたい」という読者がたくさんいたので、文芸誌が短編を発表するプラットフォームとして機能していました。しかし今では、文芸誌が軒並み衰退し、商業ベースで短編を発表できる作家は限られています。

しかも、商業デビューにつながる文学賞には、短編部門がほとんどありません。作家志望の人は、「最初に短い作品から書いてみて、ゆくゆくは長編小説にも挑戦してみたいです」などと言いがちですが、これは非常に遠回りな方法です。

作家を目指すなら、少しくらい破綻していても最初から長編を書き上げたほうがよほど訓練になります。私が新人作家なら100％の力を長編に全振りします。実際、プロの作家を目指している若者にアドバイスを求められたときには、「短編は捨ててもいいから、長編にチャレンジしなさい」と伝えています。仮に「長い作品は書けないんです」いわれたなら、「それだったら、諦めたほうがいいよ」と厳しめに答えると思います。

実は、短編を得意とする書き手でも戦える手法が、「連作短編」と呼ばれる形式です。最近特に増えている手法であり、人気のジャンルではあります。ただ、連作短編の定義はあいまいです。一つひとつの物語が深い関連性や共通点を持ち、全編を通して完結するパターンだけでなく、単純に「愛」などの括りで無関係な短編が連なるパターンもあります。

私も『八本目の槍』という作品で、連作短編の形式にチャレンジしています。良くも悪くも連作短編は無視することのできない一大ジャンルになりつつあったので、この新しい手法を試してみたいと思ったのです。

この作品では、石田三成という武将を、賤ヶ岳の七本槍（賤ヶ岳の戦いで功名をあげた7人の若武者）と呼ばれた加藤清正、福島正則、加藤嘉明、平野長泰、脇坂安治、糟屋武則、片桐且元という7人の人物の視点から描き出しました。

実際に書いてみて、連作短編という形式でしか描けない世界もあると感じました。もちろん短編にも面白い作品がいっぱいありますし、私自身は短編を書くのも好きです。もう少し短編が評価される環境があればいいなとは思っています。

第6章

歴史小説 創作の舞台裏

歴史小説ができるまで

ここからは歴史小説がどのようにして作られているのか、リアルな創作過程についてお話ししていきましょう。

一般的に小説の起点は、**作家自身がアイデアを思いつくパターン**と、**編集者からアイデアを提示されて揉み込んでいくパターン**の2パターンがあります。私は前者ばかりですが、全体の印象としては、前者と後者で半々くらいの割合でしょうか。

テーマが決まれば、取材をします。必要な資料を探して読むだけでなく、時には足を使ってフィールドワークをするケースもあります。そうやって素材が十分に集まったら、いよいよ執筆のスタートです。

執筆は単行本や文庫に書き下ろす方法と、**雑誌や新聞などに連載してから1冊にまとめる方法**などがあります。本が刊行されて一定の評価を得られれば、次の依頼につながるという具合です。

私はデビュー6年目にして40冊近くの作品を発表しています。刊行スピードは早いほうだと思います。刊行スピードが早い理由の一つは、取材時間の短縮にあります。本書の最初にお話ししたように、私は学生時代に歴史小説に没頭する日々を送っていました。業界に入るまで、この程度は当たり前だと思い込んでいたのですが、いざ入ってみると**自分の圧倒的な読書量**に気づきました。

同業者と雑談をしていて「えっ？　あの本、読んでへんの？」とびっくりした経験は一度や二度ではありません。

本をたくさん読み込んでいたおかげで、資料集めの段階で必要な素材がピンポイントで思いつきます。いってみれば、頭の中に資料の検索システムが入っているようなもの。資料の在処さえ頭に入っていれば、内容まで暗記していなくてもすぐに参照できます。

現地取材は他の作家と同じくらいの時間はかかると思いますが、**資料の〝当て勘〟に関しては絶対的に早い**と自負しています。

苦労する点があるとすれば、発掘調査の記録や博物館が制作した資料、寺社が所蔵する絵画などを探す場合です。絶版になっていたり失われていたりする場合もあるので、アクセスが難しいのです。

逆にいえば、一次資料に関しては、昔と比較してかなり探しやすくなっています。今は国立国会図書館で収集・保存している資料を検索・閲覧しやすい時代ですし、ネット古書店で資料をとり寄せることも簡単にできます。

司馬遼太郎は執筆にあたって、膨大な資料を集めたことが知られています。新しい作品に着手するときは、そのテーマを扱った本が神田神保町の古書店街から消えたという伝説があるくらいです。

実際に**『竜馬がゆく』を書いたときには約3000冊、重さ1トンの資料を集めた**という古書店主の証言が残されています。

今の時代はそこまでする必要はありませんから、昭和の作家たちが現代を見たら「なんて便利な時代になったんだ！」と思うはずです。

その一方で、昭和の作家たちは、「足を運んで本を探した時間も作品に反映されているんだよ」と苦言を呈されるかもしれません。

自分の足を運ぶことに価値がある

私はネット検索の便利さを享受する代わりに、現地取材を疎《おろそ》かにしてはいけないと考えています。

現地には、グーグルの衛星地図ソフト「グーグルアース」では伝わってこない匂いや湿度があります。こういった要素が小説を下支えする重要な要素となるので、現地取材は手を抜かないようにしています。

これまで最も苦労したのは、**高知県宿毛《すくも》市の鵜来島《うぐるしま》への取材行**です。

鵜来島は宿毛湾の沖合約23キロに位置し、周囲約6キロの断崖絶壁の島。島内に30人弱の人が暮らしており、高齢化率約9割の限界集落でもあります。

そもそも、島に到着するまでが大変でした。関西から新幹線と快速、特急で徳島に向かい、そこからクルマで高知まで取材をしながら移動。高知駅から中村駅までは特急に乗り、中村から土佐くろしお鉄道中村・宿毛線で宿毛駅に着き、駅から片島港まではバスに揺られ、港から市営定期船で鵜来島を目指しました。

途中で寄り道したこともありますが、出発時に大阪の伊丹空港から国際線に乗っていたらヨーロッパの都市まで到着していたと思います。大変な移動時間です。

しかし、苦労をして実際に足を運んだだけの価値はありました。実際に入江の形などを見て回ったことで、創作の手応えを得られたのです。

島の人たちはほとんどが高齢者ですが、１人だけ中学生の男の子がいました。事情があり、一時的におばあちゃんと鵜来島に滞在しているのだといいます。

彼は民宿の手伝いもしていて、港で獲ってきた魚を一生懸命捌いていました。その様子を見ながら、「この子は、この島で再生していくんだろうな」などと思いました。

中学生と出会ったことは、描こうとしている作品とは直接関係ないかもしれません。けれども、私は彼の姿を忘れることはないでしょう。

こういう経験は何かのときに必ず生きます。

小説家は生かす機会が比較的多いというだけで、どんな仕事をしている人でも絶対に生かされるはずなのです。

直木賞受賞作『塞王の楯』はこうして生まれた

小説家は作品のネタをどうやって探しているのか。私の場合、ネタは日々のニュースから得ることもあります。

直木賞を受賞した『塞王の楯』は、2018年12月に起きた韓国海軍の駆逐艦による火器管制レーダー照射問題のニュースをきっかけに構想しました。

レーダー照射問題とは、韓国側が日本海で海上自衛隊哨戒機に火器管制レーダーを照射した事件であり、日韓の緊張感が一気に高まった出来事でもあります。

このニュースを見ながら、当時の私は「そこまで深刻な事態ではなさそうだ」と考える一方で、緊迫した空気も感じとっていました。

過去にはサッカーワールドカップ予選がきっかけでホンジュラスとエルサルバドルの戦争が起きるなど、些細な出来事から起こった戦争はたくさんあります。何が原因で戦争に発展するかわからないのです。

レーダーを照射すると、あとはミサイルの発射ボタンを押すだけで飛行機を攻撃できる。技術的にはその通りですが、レーダーをあてることが戦争行為といわれると、なんだか釈然としません。

私が目に見えないレーダーを体にあてられていたとしても、何の実害もないし、自分では気づかないわけですから、戦争行為だとは思わないわけです。

では、どうしてレーダー照射が、ここまで問題視されるのだろうか……。

そこで、別のシチュエーションを考えてみました。

仮に現代人がタイムスリップして縄文人に銃口を向けたとしても、縄文人は何も恐れないと思います。しかし、こん棒を振りかぶって見せれば、敵意を向けられていると理解し、戦争状態に発展する可能性が高まるでしょう。

ということは、問題はレーダーそのものではなく、レーダーに対する認識にありそうです。どこまで武器が進化したとしても、最終的に戦争は「**自分への危害の認識**」で始まります。

こん棒であろうが、拳銃であろうが、レーダーであろうが、相手から攻撃されるかもしれないという状況が「このままでは自分が危ない」という認識を生み出し、現実の戦争行為に発展するという流れは同じなのです。そこに気づいたときに、「**戦争の始まりを描いてみたい**」という思いが生まれました。

戦争の始まりを意識すると同時に、戦争の終わりにも興味が湧きました。

日本では毎年8月になると、テレビなどで戦争関連の番組が多く制作され、「愚かな人間は、今なお戦争を繰り返している」みたいな話を耳にします。まったくその通りで、人間は戦争の被害をわかっていても、戦争をやめることができずにいます。

一方で、人間は愚かで戦争をやめられないのに、人類が滅ぶほどの最悪の事態を避けられているのも事実です。本当に人間が愚かならば、とっくに人類が滅んでいてもおかしくないのに、どうにかこうにか命をつなぐことができています。

これは**戦争を始めてきた分だけ、戦争を終わらせてきた歴史もある**ということです。そこで、戦争の始まりと終わりを描いてみようと思ったのです。

戦争の始まりと終わりを描くにあたって、「兵士」を主人公にすると一種の冷静さを失うと考え、「職人」を主人公にして一歩引いた視点から物語を進めることにしました。

戦争の道具を作っている職人は、自分の仕事が他人の命を奪っている事実に後ろめたさを感じています。だったら、その仕事を辞めればいいかというと、そう簡単にはいきません。

彼らは戦争の道具を作ることで収入を得て、家族を守っているからです。

こういった矛盾や葛藤は、むしろ職人の視点から見たほうが描きやすいのではないかとも感じました。

これはあくまでも着想の一例ですが、歴史を描くから過去だけを見ればいいのではありません。**歴史小説は現代に通じるテーマを意識することが一つの鍵**なのです。

ACジャパンのCMはネタの宝庫

ニュース以外に注目している歴史小説のネタ元は、公益社団法人ACジャパンのテレビCMです。ACジャパンはもともと「公共広告機構」といい、広告を通じて社会にメッセージを発している民間団体です。

東日本大震災時に、ACジャパンのテレビCMが大量に放送されていたのを記憶している方も多いでしょう。

2022年には、レジで焦りながら小銭を出そうとするおばあさんに対して、人気ラッパーの呂布カルマさんが「自分のペースでいい」とラップで伝える〝寛容ラップ〟のCMが話題となっています。

ACジャパンのCMは、大きく2つのパターンに分けられます。

一つは、日本人が今、考えるべきことを啓発しているパターン。もう一つは、少し勘ぐり過ぎかもしれないですが、「こうなってほしい」と日本人を誘導しているパターンです。

いずれにしても、日本人が抱えている問題に迫っているCMであることは間違いなく、**普遍性のあるテーマが見つかりやすい**のです。

2018年、東京オリンピック・パラリンピックを前にインバウンド需要が高まっていたとき、「オモイデはニッポンの人」というテレビCMが放映されました。

海外の観光客が、日本の銭湯や居酒屋などで日本人と楽しく交流している様子が描かれていて、「海外のお客さんに優しくしよう」「いい思い出を作ってもらおう」というメッセージが伝わってくるＣＭです。

それを見て私が思ったのは、「こうやって啓発しなければならないということは、この国にはまだ根強い差別が残っているんだろうな」ということでした。

外国人に対しての恐れや差別感情、文化の違いに対するアレルギーについて歴史の舞台を借りて考察するなら、やはり元寇に答えを求めるのが最適ではないか。そんな逆算をもとに書き始めたのが『**海を破る者**』という元寇を題材にした作品です。

もちろん、ＣＭを見て「このメッセージに隠されているのは……」などと常に裏読みしているわけではありません。単純に感動するＣＭもあって楽しんでいます。

ただ、何気なく見ているＣＭからも小説のネタはたくさん見つかるという視点は、意識しています。

ヒットした漫画はネタが練られている

歴史小説（特に時代小説）の良さは、定番の面白さもあります。

テレビ時代劇『水戸黄門』は、終盤になると格さんが印籠《いんろう》を出して「この紋所《もんどころ》が目に入らぬか、控えおろう！」と一喝するのが定番となっています。

視聴者の誰もが、それを見て悪人がひれ伏すのをわかっていながら、毎回楽しみにしている。わかっていても楽しいのが、定番ということです。

私も読者から「結局は主人公が死なないと思ってはいたけど、今回は本当にハラハラしました」という感想をいただくことがあります。まさに定番を楽しんでいる証拠であり、書き手にとっては期待通りの反応といえます。

とはいえ、**定番の面白さだけで小説を読ませる時代は終わっています**。今は読書人口自体が減っていますし、特に若い世代の歴史離れの傾向は顕著となっています。

これから歴史・時代小説が戦っていくためには、全世代対応型の魅力ある作品を作らなければなりません。そこで重要となるのは、他ジャンルのエンターテインメントから学ぶ姿勢です。

私は歴史小説を進化させるにあたって、実は漫画をベンチマークとしています。**ネタ作りに関して、漫画家は非常に優れた能力を持っている**からです。なぜ漫画家はネタ作りの実力者揃いなのか。これは、漫画家が置かれている厳しい環境が大きく関係しています。

私たち小説家は、厳しい世界に生きているとはいえ、何度かチャンスをもらうことができます。A社で結果を出せなくてもB社に声をかけてもらうことがあったり、CのテーマでD失敗してもDのテーマで再チャレンジできたりします。

ある程度ヒット作を出していれば、挑戦的な企画に手を出すことも可能です。

しかし、漫画の世界は、より過酷です。漫画誌では一度か二度のチャンスで結果を出さないと、「打席」に立たせてもらうハードルは一気に上がります。

しかも一度ヒット作を出すと、同じ作品で10年、20年と描き続けることが多いです。『ドラゴンボール』の連載は10年半続きましたし、『ONE PIECE』に至っては25

年も連載が続き、最近になって最終章への突入が話題となっています。

つまり漫画家は、10年、20年の時間にも耐える普遍的なテーマで、今までにない新しさもあり、なおかつ多くの読者を惹きつける乾坤一擲《けんこんいってき》のネタを見つけ出さなければなりません。そんな厳しい環境から生まれたヒット作は、圧倒的にネタが練られています。

だから、**漫画誌で連載されている人気作品のエッセンスを小説に応用**すれば、新しくて面白い作品を生み出せる確率が高いというわけです。

時代劇不遇の時代に歴史小説を書く

今のテレビは、時代劇を放送することがめっきり少なくなりました。

その背景には、テレビが従来の世帯視聴率ではなく個人視聴率、特に13～49歳の男女の個人視聴率である「コア視聴率」を重視していることがあります。

時代劇を放映すれば、今でもある程度の個人視聴率を見込めるのでしょうが、それはテレビ局やスポンサーが求めている数字ではありません。時代劇が好きそうな60代以降の世代の消費行動は将来的に先細る一方。それなら、若者をターゲットにした番組を作ったほうがいいと判断しているわけです。

私は、この理屈に対して少々懐疑的な見方をしています。

たとえば、子どもの頃の私は、テレビで演歌が流れてくると「演歌なんて何がええねん」と思っていました。でも39歳の今、演歌を聴くと、不思議なことに「悪くないな」と感じます。

恐らく、今後40代、50代と年齢を重ねていくにつれ、もっと演歌の魅力がわかってくるのではないかと予感しています。

その考えでいけば、今の20代、30代も年齢を重ねたら時代劇の魅力に気づき、テレビの時代劇を楽しめるようになるはず。実際に、私の本を読んで「**今まで歴史小説は敬遠していたけど、好きになりました**」と言ってくれる人もいるわけですから、新たに時代劇に目覚める人も少なくないと思うのです。

とはいえ、地上波でレギュラー放送している時代劇はNHKの大河ドラマだけ。『水戸黄門』が地上波のゴールデンタイムから姿を消してから、もう10年以上の時間が経過しています。

かつては小学生の子どもに印籠を見せたら「テレビの水戸黄門で最後に出てくる、あれ」とわかってもらえたのが、今ではきっと何のことやら意味不明です。

「水戸黄門が印籠を見せても、1人もひれ伏そうとしなかった」という話を書いて、今の子どもに読ませたとしたら「そりゃそうでしょ」となるに違いありません。

というより、そもそも印籠とは何か、印籠がどんな形をしているのかすら、想像できないと思います。

ちなみに印籠は、薬などを携帯するための小さな容器だということをご存じでしょうか？　きっと知らなかった人も多いことでしょう。

時代劇といえば、その昔は年末に「忠臣蔵」のスペシャルドラマがテレビで放送されることがありました。子どもでも、何となく忠臣蔵のストーリーや赤穂浪士の姿を理解していたわけです。

今、若者が集まる東京・渋谷の雑踏で、赤穂浪士のドラマの一場面を見せ、「この人たちは誰でしょう?」「今から何をしにいくのでしょうか?」というクイズを出したら、どういう反応を得られるでしょうか。

きっと、まるで見当違いの答えが返ってくると思います。1人か2人くらいが、「新撰組のコスプレをしてる!」と答えそうな気もします。

元を正せば新撰組が赤穂浪士を真似て隊服を作ったわけですが、今は漫画作品などで新撰組のほうが知られているので、そんな逆転現象が起こりそうです。

そう考えると、歴史小説の読者が減るのも無理はないのかもしれません。

新しいエンタメのフォーマットをとり入れる

日本人から歴史の基礎知識が失われるのにともない、歴史小説はますます書きにくくなっています。書き手には、それに対応した工夫が求められています。

私が心がけているのは、「**読者に既視感を20〜30%持たせてあげる**」という工夫です。

既視感は安心感と言い換えられるでしょう。

具体的に言うと、『**くらまし屋稼業**』に出てくる主人公の堤平九郎は、凄腕の剣士。相手の剣術を見れば一瞬でコピーし、柔術に関しても食らった技をコピーする能力を持っています。

これは決して新しい設定ではありません。人気漫画『ＮＡＲＵＴＯ－ナルト－』には１０００種類以上の術をコピーした〝コピー忍者〟のカカシというキャラクターが登場しますし、ゲームの「ファイナルファンタジー」には、敵の攻撃をラーニングできる「青魔法」という魔法が出てきます。

つまり若い世代の人たちには、「まあまあ見かける設定だよね」という感じです。

他ジャンルの手法を歴史小説に応用すると、歴史に抵抗がある若い世代の読者には「**あー、ナルトのカカシ系ね**」と安心してもらえ、物語を読み進める突破力が生まれます。

逆に50代以降の読者には、「**なんていう新しい設定を考えるんだ！**」という驚きにつながります。

完全に歴史に寄せてしまうと、慣れた読者はついてこられても、若い読者はお手上げとなります。そこで若い人が離脱しないような工夫を施しつつ、年配の読者も満足できるようなストーリーを構築しているのです。

最近でいうと、ネットフリックスやアマゾンプライムで放送されるドラマの作り方は、非常に参考になります。

こうしたサービスで鑑賞できるドラマの多くでは、第1話の開始10分以内に、必ず最初の事件が発生し、視聴者にある程度の設定や世界観を共有してもらう手法が定番化しています。

若い世代にその感覚がスタンダードとなっていくとするならば、**小説でも最初の10ページである程度の設定を理解してもらわないことには、早々に離脱される恐れ**があります。そこで『**イクサガミ**』という作品では、最初から殺し合いのシーンを描き、個々のキャラクターの深掘りは後回しにしました。

こんなふうに、現代のエンターテインメントをリサーチし、そのフォーマットをとり入れていけば、若い人にも受け入れられる作品を書くことは可能だと思うのです。

新旧のエンタメをつなぎ合わせる

とはいえ、ただ新しいものをとり入れるだけでは不十分です。昔の作品にも学ぶべき要素はたくさんあります。実は前述した『イクサガミ』は、〝山田風太郎作品の令和バージョン〟というイメージから物語を着想しました。

『戦中派不戦日記』や『忍法帖』シリーズなどで知られる山田風太郎は、特殊な力を持つ者同士が戦ったり、力を合わせて敵を倒したりする「能力バトル」「能力者バトル」というジャンルを生み出した先駆者。現代の若者に人気の『呪術廻戦』や『ONE PIECE』も、**源流をたどっていくと山田風太郎の『甲賀忍法帖』にたどり着きます。**

2000年代前半には『甲賀忍法帖』を原作とする『バジリスク～甲賀忍法帖～』という作品が発表され、近年も続編がアニメ化されています。

『バジリスク』が若者に受けているのを見て、私は山田風太郎が今なお色あせていないことを確信しました。若者にとっつきやすい要素を加えれば、もう一度、文章で山田風太郎の世界観を世に問うことができそうです。

『イクサガミ』は山田風太郎の世界観を再現しつつ、侠客や博徒などが旅をしながらストーリーが展開していく「股旅物」というジャンルにもヒントを得ています。股旅物は今では廃れてしまっているのですが、ただ旅をするのではなく、「**戦いながら移動していく**」という物語にすれば、面白いのではないかと考えたのです。

一方で、前述したように最新のドラマの作り方も参照しています。もう一つの参照例が「**参加者vs運営側**」という設定です。

山田風太郎が『甲賀忍法帖』を書いた頃は、参加者vs参加者のバトルが物語の主軸でしたが、最近では参加者vs参加者から、いつの間にか参加者vs運営側に変わっていくストーリーがトレンドになっています。

最近でいうと『LIAR GAME』や『カイジ』『イカゲーム』といった作品にそういったトレンドが見られ、これを『イクサガミ』にも応用しています。

ごく一部をお話ししましたが、私はこういった試行錯誤をしながら、新しい歴史小説を創作しています。歴史小説には、まだまだ進化の余地があるということです。

歴史小説家を苦しめる〝言葉の制約〟

歴史小説を執筆するときに困ることの一つが、言葉の使い方です。最も苦労するのはカタカナを使えないという制約です。セリフに使えないのは当然ですが、地の文でも使うことができません。

「可能性」や「戦争」など、やや現代的な言葉も、時には敬遠されることもあります。また、**基本的に明治以降の言葉は使わない**のが一般的です。

たとえば、「絶対」という言葉は明治期に入ってから生まれた哲学用語なので、江戸時代の小説には相応しくないとみなされます。

あるいは「戸惑う」は江戸期に生まれた言葉だから、戦国時代の小説に出てきたらおかしいというわけです。

では、江戸時代を舞台にした作品に「やばい」という言葉が出てきたら、読者の皆さんはどう感じるでしょうか？　「なんだか現代語っぽくて違和感がある」という人が多いと思います。

けれども、**実は「やばい」は、江戸時代に生まれた言葉**なのです。特に庶民の間では、日常的に使われていたことがわかっているので、本当は「やばい、後ろから追っ手が来ている」と書いても不自然ではないのですが、実際には使うことが憚《はばか》られる風潮があります。

正直なところ、この風潮には大きな違和感を持っています。型にはめすぎていて、少々窮屈な感じもするのです。

現代の書き手が現代の読者に向けて書いているのですから、本来は地の文に後世の言葉が出てきても構わないはず。機械的に排除しようとするせいで、余計に歴史小説が敬遠されていると思うのです。

一方で、過去を振り返ると、そんな制約などお構いなしに、もっと自由な表現が行われていました。

たとえば、**山田風太郎の作品などは、ぶっ飛んでいます。**「手裏剣を投げた直後にバックを取られた」「○○は、左右にステップを踏みつつ近づいた」のような一節が当たり前に出てきます。

山田風太郎の作品を読むと、意外と昔の書き手のほうが自由で、読者を歴史好きにさせてやろうという意欲にあふれていることを感じます。

「バック」「ステップ」という単語からは「**読者が楽しめるのだったら、別にバックでもステップでもよくないか？**」という風太郎のつぶやきが聞こえてくるようです。

昭和期はそういった意欲がピークに達した時代だったといえます。池波正太郎も『真田太平記』の中で「メートル」といった言葉を普通に使っています。

つまり、もともとは自由に表現していたのに、「こうあるべき」というアイデンティティを求めた結果、自分で自分の首を絞めてしまっているのです。

だから、私自身は言葉の制約について、あまり杓子定規に考えないようにしています。ただ、編集者や出版社が許容しても、読者からお叱りを受けるケースもあるので、常にバランスは意識しています。

文庫書き下ろしは比較的柔軟な表現を使い、単行本は少しお堅い文体で書く場合もあります。読者には、そのあたりにも注目して読んでいただけると嬉しいです。

複数作品を並行して手がける手法

ここからは、やや個人的な執筆スタイルについてお話ししていきましょう。

小説家というと書斎に籠《こ》もって執筆をするイメージがありますが、**私は場所と時間を選ばずに書いています。**

タクシーに乗るときも、新幹線で移動するときも、隙あらばノートパソコンを開いて書いています。乗り物というと、飛行機はとても書きにくいです。国内線の場合、離陸しても、すぐには座席テーブルを使わせてもらえませんし、使用できたと思ったらもう着陸の準備に入ります。制約が多すぎて、執筆しにくいのです。

テレビやラジオの楽屋でも、出番ギリギリまで執筆しています。締め切りが迫っているときは時間との戦い。もはや執筆が好きとか嫌いというレベルを超えて、生活の一部になっている実感があります。

Aという作品を電車の中で書き、降りたらタクシーの中でBを書く。こんなふうに並行して複数の作品を手がけていますが、**どの作品もパソコンを立ち上げて5秒後に**

は書き出すことができます。

主人公のキャラクターを熟知しているので、瞬間的に切り替えができるのだろうと自負しています。

本書を読んでいる社会人の皆さんも、さまざまなタスクを抱え、優先順位のつけ方に悩むことがあると思います。

私の経験からすると、**自分の中でルーティンを決めたり、特定の仕事と何かを組み合わせたりするのが効果的です。**

午前中にはCの仕事をして、午後にはD、夕方疲れが溜まってきたときにはEといったスケージュールを組む。あるいは「このガムを噛んでいるときはこの仕事」という味覚で切り分ける方法もあります。

私は音楽で仕事を切り分けることも多く、普段からヘッドホンやイヤホンを多用しています。

ルーティンや組み合わせには自分に合った答えがあるはずです。漫然と仕事をするのではなく、いろいろ試してみて最適なやり方を見つけてはいかがでしょうか。

忘れることが創作にとって素晴らしい能力である理由

私はメモをとらずに取材します。**ノートも持たないですし、スマホに情報を記録する習慣もありません。**

基本的には、情報を頭で記憶します。記憶した内容をすべて再現できるわけではないですが、覚えたという事実は残っています。「そんな情報あったっけ？」とはならず、見聞きした記憶は残っているので、調べようと思えばいつでも調べられるのです。

と、偉そうに語っていますが、情報をすべて忘れてしまっていたら記憶した経験も忘れているはずですから、なかには忘れている情報があるかもしれません。

でも、**忘れてしまう情報は、創作においては些細な情報と割り切っています。**人間は忘れる生き物であり、いくらメモをとっても忘れることはありますから、気にしなくてもよいと考えています。

いらないことを忘れるというのは、実は素晴らしい能力です。知識から教養に至るには、熟成期間が必要です。たくさんの知識を得て、いらない知識を忘れ、それでも脳裏に染みついて残ったものが、本当の教養と呼べるのです。

私は、**人間の記憶の低減を意識しながら小説を執筆しています。**

男性のキャラクターがたくさん登場する作品の場合、「この男」とばかり書いていたら訳がわからなくなるので、一応名前をつけて書き分けるようにします。だからといって、いちいち覚えてもらわなくても大丈夫です。

「あー、なんか男がいたな。名前は忘れたけど、いきなり小刀で襲ってきた男だったっけ？」

そんなふうに思ってもらえればしめたもの。というのも、そういうキャラクターはあえて名前を忘れてもらってもいいように書いているからです。

反対に、読者に絶対に覚えてほしいキャラクターは、覚えてもらえるような仕かけを施します。

『茜唄』という作品で平家を描いたときには、平清盛や平知盛など平と盛が共通する人物がたくさん登場したので、忘れてもらってもいい人物と覚えてほしい人物を意識的に書き分けました。

覚えてほしい人物には忘れられないようなキャラクターづけをしたり、何回も名前を出したりする工夫をしたのです。このように、人間の「忘れる」という生理を理解した上で取材をしていますし、執筆もしています。

編集者は友達ではないが仲間である

小説家は、各出版社の担当編集者のサポートを得ながら作品を創り上げていきます。ただし、作家と編集者の関係は、本当にまちまちです。とても仲が良いケースもあれば、ぎこちない仲のケースもあります。編集者とビジネスライクな関係に徹し、あえてそれをSNSで公言する書き手もいます。

私自身はというと、編集者のことをビジネスパートナーであると同時に仲間でもあると捉えています。

そもそも、人間関係はわかりやすく一つに割り切れるものではありません。人間は単純化できないからこそ、小説を書く価値があるともいえます。

編集者だけでなく、仕事のつながりにはビジネスの部分もあれば、そうともいえない部分もあります。皆さんの職場の人間関係も同じではないでしょうか。

同業者を見ていて気になるのは、**出版社の利益を意識している人が少ない**ということです。私は、本を書く以上は出版社に利益を出してもらいたいし、自分も専業小説家として利益を出さなければならないと考えています。

私に執筆をオファーしたということは、ビジネス上の成果を期待しているわけであり、その期待に売り上げで応えるのが最低限の役割です。

本が売れるためには、プロモーションや書店営業など、さまざまな要素が必要です。その中で私ができるのは、内容を充実させることであり、内容に関しては責任を負っていると自覚しています。

だから、本が刊行されてからも売れ行きを常にチェックしていますし、出版社に赤字が出ていないかを気にしています。

ビジネスである以上、編集者に友達づき合いを求めるのは間違っています。とはいえ、1冊の本を作って売るという意味で、作家と編集者は一蓮托生《いちれんたくしょう》であり、友達よりも脆弱な関係だとも思いません。

仲間がいるから、一緒に賞の受賞を目指し、売上目標の達成に向けて努力し、テレビドラマ化や映画化を夢見るといった目標を共有できます。

ドライでありながら濃厚な関係を築くことができるかどうかは、作家の姿勢次第であり、編集者の姿勢次第でもあります。お互いに良い関係ができれば、良い作品づくりにつながると考えています。

出会いは必ず作品に反映される

私が作家活動において重視しているのは、**人との出会い**です。チャンスがあるなら、できるだけいろいろな人と関わりたいと願っています。人に対する好奇心が強いのです。

作家になる前からダンス・インストラクターとして多くの人と関わってきましたが、作家になってからは出会いのチャンスが格段に増えました。

同業者に会うことはもちろん、政治家にも会うこともあれば、芸能関係者と会うこともあります。普段はなかなか会えない人たちに会えるのは、一つの役得といえます。

面白いところでは、現代に生きる大名家の末裔とお会いする機会もあります。東京には旧華族の親睦団体である「一般社団法人霞会館」というものがあり、定期的にサロンのようなものを開いています。

私は**『羽州ぼろ鳶組』**という新庄藩戸沢家の火消組を描いた小説を書いたのですが、その中にもおられる戸沢家の現当主が、この作品を読まれていると知り驚きました。作中では加賀藩の火消組がライバルとなっているので、戸沢さんは加賀藩前田家の前田さんにも作品をおすすめしてくださったといいます。

一方で「一橋さんには見せられませんね」と笑いながらお話しされていました。江戸時代の徳川将軍家の一門「御三卿」の一つ、一橋家（一橋徳川家）は『羽州ぼろ鳶組』では悪役なのです。

有名人・著名人との出会いが、重要なのではありません。市井の人にも魅力的な人物はたくさんいます。

その点、169ページで触れた「まつり旅」では全国各地でさまざまな人たちとの出会いに恵まれました。小学3年生の女の子から90歳を超えた読者ともお話ができ、大感動したのを覚えています。

小説は人間を描く芸術です。ですから、出会いは必ず作品に反映されます。一つひとつの出会いが私の好奇心を刺激して、次の作品を作るヒントになっているのを感じます。皆さんが、いつの間にか、私の取材に協力してくれているようなものです。

好奇心の強い私が小説を書き、その小説が好奇心の強い人たちを引き寄せる。集まった人たちに、いろいろな世界を見せてもらい、それが新たな作品と出会いを生んでいく……。この循環こそが、私の執筆活動の生命線です。

会話文の作り方

小説を書く上で腕が問われるのは、〝会話文の書き方〟です。

小説は絵のない芸術ですから「誰がしゃべっているか」を明確にする必要があります。そのためには口調の変化をつけるなど、キャラクターの書き分けがカギとなります。会話文を書いた後に、わざわざ「○○が言った」などと書かなくても読者が理解できるようなキャラクターが確立されれば、会話は自然と転がっていくものです。

キャラクターの書き分けに重要なのは、実は自分を理解することです。小説に登場する人物すべてが自分の分身というわけではないですが、自分の一部を切りとって膨らませたようなものです。

ですから、まずは自分をよく理解する。そこからキャラクターへの理解へと切り替えていけば、〝会話が自然なものになっていきます。慣れてくれば、勝手に人物が語り出すような感覚で筆が進むようになるのです。

小説を書く人で会話文を苦手とする人には、3~5人での会話の練習をおすすめします。

特定の人物を黙らせることなく、全員満遍なく語らせながら誰が話しているのかを明確にする。この5人での会話が上手にできれば、もう2人の会話を怖がる心配はなくなります。

私はデビュー作の『火喰鳥 羽州ぼろ鳶組』で6~7人の会話を回していたのが良い訓練となりました。その後の作品でも、会話には困らずに書くことができています。

第7章

教養としての歴史小説ガイド

この章では、第1章でお話しした歴史小説家の世代区分に従って、それぞれの世代を代表する作家と、おすすめ作品をとり上げます。

第1世代

大佛次郎（おさらぎ・じろう）

1897年神奈川県横浜市生まれ。東京帝国大学法学部卒業後、高等女学校教師、外務省勤務を経て専業作家に転身。『鞍馬天狗』『赤穂浪士』などの時代小説が人気を集めた他、『パリ燃ゆ』『ドレフュス事件』などのノンフィクション作品も発表。絶筆となった史伝『天皇の世紀』など数々の作品を残した。1964年、文化勲章受章。1973年没（享年75）。

人物解説

第1世代からピックアップしたのは大佛次郎。私の祖父・祖母世代を熱狂させた歴史・時代小説の先駆者です。代表作である『鞍馬天狗』シリーズの大ヒットで人気作家となり、作品は何度となく映画・テレビドラマ化されています。**『鞍馬天狗』のブームは、現代でいえば『鬼滅の刃』レベルに匹敵する**はずです。

私たちが今、歴史・時代小説を書くことができているのは、この世代の書き手が礎を築いてくれたから。感謝とともにリスペクトしている書き手です。

作品紹介

1『鞍馬天狗』（大佛次郎時代小説全集、朝日新聞出版）

勤王の志士・鞍馬天狗と杉作少年との交流、天敵ともいうべき新撰組・近藤勇との対決を描く時代小説シリーズ。たびたび映画・テレビドラマ化され、特に嵐寛寿郎主演の映画が有名。

大佛作品の人気作品といえば、なんといっても『鞍馬天狗』です。どちらかというと荒唐《こうとう》無稽《むけい》な物語ですが、西郷隆盛や近藤勇といった実在の人物が主人公と絡むことで、「本当にこんなことがあったのかも」と思わせるリアリティを獲得しています。

恐らく、**フィクションでありながら私たちの世界とのつながりを感じさせる手法を確立した最初の作品**であり、シリーズ化して人気も博しています。満場一致で殿堂入りといったところでしょう。

2『赤穂浪士』（上・下、新潮文庫）

有名な赤穂事件を、怪盗蜘蛛の陣十郎、謎の女お仙といったキャラクターの活躍をからめつつ、架空の浪人である堀田隼人の視点から描く。忠臣蔵小説の古典的な名作。

池宮彰一郎の『四十七人の刺客』『最後の忠臣蔵』など、忠臣蔵を扱った小説は数多いですが、その先駆けともいえるのが大佛次郎の『赤穂浪士』です。

古典的な作品でありながら、それまで人形浄瑠璃や歌舞伎の演目である『仮名手本忠臣蔵』が大石内蔵助を主役にしてきたのに対して、大佛次郎は架空の浪人である堀田隼人を主人公にしているなど、新しさを感じます。

この作品が映像化されるときには大石内蔵助が主人公になっているので、**時代を先どりしすぎた作品**といえるかもしれません。

第2世代

海音寺潮五郎（かいおんじ・ちょうごろう）

1901年鹿児島県生まれ。國學院大学卒業後、中学校教師となった後、懸賞小説に応募した『うたかた草紙』が「サンデー毎日」大衆文芸賞に入選。専業作家の道に入る。1936年に『天正女合戦』『武道伝来記』で直木賞受賞。1968年に菊池寛賞受賞。1972年に紫綬褒章、1976年に日本芸術院賞を受賞。1977年没（享年76）。

人物解説

海音寺潮五郎については64ページでも詳しく述べているように、「列伝物」というジャンルで一時代を築いた作家です。ただ、列伝物ばかり書いていたわけではなく、他の作風でも、たくさんの作品を手がけています。

海音寺潮五郎は、歴史解釈において、ことさら奇抜な説を採用しません。**いわば〝超絶正攻法〟なのですが、それでいて最後まで読ませる**ところにすごさがあります。

自らは列伝物を追求していましたが、物語性の強い司馬遼太郎の作品はベタ褒めしていています。歴史から学びや教訓が得られれば、物語性があっても認めるというスタンスをとっていたと考えられます。

その半面、池波正太郎については直木賞の選考で徹底的に酷評しています。彼には池波作品が娯楽に寄りすぎていて「面白ければ、それでいい」と考えているように思えたのかもしれません。

作品紹介

1『悪人列伝』（中世編・近代編、文春文庫）

鳥居耀蔵《ようぞう》、田沼意次、井上馨など、歴史的に悪人のイメージが定着している人物について、人間的な視点から世に問い直す傑作評伝。

歴史の中で「悪人」と呼ばれてきた人物を集めた作品です。松永久秀という武将のことを詳しく知りました。**突飛な話を出すわけでもないのに、面白い。**そんな海音寺潮五郎の魅力が詰まっています。

2『天と地と』（一〜五、角川文庫）

戦国時代に越後国に生まれ、戦に天才的な才能を発揮した上杉謙信を主人公に、甲斐国を治める武田信玄との川中島の戦いに至るまでの軌跡を描く。

歴史小説の王道であり、1990年に角川映画が製作されたことでも知られる作品です。私たちがイメージする武田信玄と上杉謙信の戦いは、この作品に大きく影響を受けていると思います。

3『海と風と虹と』（上・下、角川文庫）

平安中期のほぼ同時期に起きた平将門の乱と、藤原純友の乱。二つの乱は総称して「承平・天慶の乱」といわれるが、そこにはいかなる思惑があったのか。この乱を主題に、藤原純友の生涯を壮大に描いた歴史小説。

『天と地と』『海と風と虹と』の2作が続いたことでお気づきかもしれませんが、海音寺潮五郎の小説には、「と」が多用されます。

海音寺潮五郎は平将門を主人公とする『平将門』と、藤原純友を主人公とする本作を残しており、2作をもとに1976年の大河ドラマ『風と雲と虹と』が作られています。

そもそも平将門や藤原純友は、そこまで人気がなかったと思うのですが、海音寺先生はどんな人物もフラットに見る力の持ち主なのです。彼らの一代記も丹念に描きっています。

面白いのは、平将門の乱と藤原純友の乱の関係性を提示しているところであり、素晴らしい発想力です。**この作品をきっかけに共謀説を唱える歴史研究家があらわれる**など、歴史研究にも大きな影響を与えました。

第3世代

池波正太郎（いけなみ・しょうたろう）

1923年東京生まれ。小学校を卒業後、株式仲買店に勤務する。東京都の職員を経て、長谷川伸に師事し、新国劇の脚本や演出を手がける。1960年、『錯乱』で直木賞受賞。『鬼平犯科帳』『剣客商売』『仕掛人・藤枝梅安』の三大シリーズなどがベストセラーとなる。1990年没（享年67）。

人物解説

第3世代からは、心の師ともいうべき池波正太郎先生を挙げないわけにはいきません。私は池波正太郎が書いた作品はすべて読破しています。短編などで単行本に収録されていなかったものも含め、図書館で過去の雑誌をすべて調べたので間違いないはずです。

『オール讀物』（文藝春秋社）という月刊娯楽小説誌のバックナンバーを引っ張り出して読んだのですが、連載されている小説はもちろんのこと、他のページにインタビューやエッセイが載っていないかも入念にチェックしていました。

小説の全作品はもちろん、インタビューや対談、エッセイ、食べ歩きの紀行文まで、あらゆる文章をコンプリートしたのは、池波正太郎だけです。

池波先生と私は同じ32歳で作家デビューし、奇しくも同じ37歳で直木賞を受賞しています。不思議な巡り合わせがあるものだと感じます。

近年は、私が熱狂的な池波ファンであることが、上田市の真田太平記館や東京・台東区にある池波正太郎記念文庫のご担当者にも知っていただくようにもなりました。公認ファンのお墨つきをいただいたも同然であり、本当に嬉しい限りです。

さらに、新潮文庫版の『真田太平記』の帯を書くという僥倖《ぎょうこう》にも恵まれました。

自分が初めて読んだ歴史小説の帯を書くというのは、いくつもの奇跡が重ならないと実現しません。その本が長い時を経て書店で売れ続けている必要があり、私自身が作家になる必要があり、作家になった上で帯の依頼を受ける程度の実績を残す必要があるのです。

「小学五年生の夏、夢中に読み耽ったことが私の原点である」

この帯文がついた『真田太平記』の実物を目にしたときの感動を、どのように表現したらよいでしょうか。あのときの小学5年生の今村翔吾少年に、伝えてやりたいものです。

「聞いてびっくりするなよ。お前は将来『真田太平記』の帯を書くことになるんやぞ！」と。

作品紹介

1『真田太平記』（一〜十二、新潮文庫）

戦国時代に生きた真田昌幸、信之、幸村親子の波乱に満ちた生涯とともに、忍びの者たちの活躍を縦横無尽に描いた大河小説。

池波正太郎はライフワークとして〝真田モノ〟を数々手がけていますが、その原点にして集大成ともいえるのがこの作品です。

『真田太平記』のすごいところは、真田家の歴史を描きつつ、同時に忍びの者のストーリーも描くという二重構造にあります。自身が歴史・時代小説をあまり区分されなかっただけあり、**歴史小説の裏側に時代小説が流れているのです。**

真田家の活動が停滞しているときには、「早く忍者のところを読ませてほしい」という気分になる。池波先生は、そういう読者心理を計算し尽くして、物語を構成しています。

たとえば、豊臣秀吉が朝鮮出兵を行っているときなど、真田家に派手な動きがないときも忍びたちが躍動しているので、物語がまったくダレません。最後まで一気読みすること請け合いの長編です。

2『鬼平犯科帳』(一〜二十四、文春文庫)

舞台は江戸の寛政期。凶悪犯罪を取り締まるため、火付盗賊改の長官となった長谷川平蔵(鬼平)が悪をとり締まる。テレビ、映画、漫画などジャンルを超えて作品化される人気時代小説。

池波先生の優れたところは、**当時は存在しなかった言葉を自分で作ってしまうという造語のテクニック**にもあります。

『鬼平犯科帳』には「嘗役《なめやく》」という役割の人間が登場します。嘗役は盗みに入る商家などに1～2年前から入り込み、内情を調べたり、中から鍵を開けたりする内通者なのですが、実は池波先生が作品内で創作した言葉なのです。当時使われていたわけでもなく、今も存在しない言葉なのに、いかにもありそうでまったく違和感がありません。

そして池波作品のすごさは、地の文で「暗黒街」という言葉を使うなど、圧倒的に読みやすくてわかりやすい点にもあります。当時存在しなかった言葉なので今の書き手は躊躇しがちですが、「暗黒街」という言葉を使うことで、読者に明確なイメージが湧きます。

このように**イメージの共有を最優先**にしていたからこそ、万人に読まれる作品が生まれたのでしょう。

3『剣客商売』（一～十六、番外編、新潮文庫）

江戸の老剣客である秋山小兵衛を始め、息子の大治郎、女剣客の佐々木三冬らの活躍を描く痛快時代小説。吉川英治文学賞受賞作。

『鬼平犯科帳』と並ぶ時代小説の傑作であり、王道中の王道たる作品です。

作品の面白さは読んでいただければわかるとして、**なんといっても素晴らしいのは『剣客商売』というタイトル**でしょう。

普通に考えれば「剣客」と「商売」はベクトルの違う言葉であり、およそ結びつきそうにありません。しかし、それをくっつけて「剣客商売」とすることで、端的でありながらインパクトの強いタイトルとなっています。小説においてタイトルは顔であり看板ですから、「剣客商売」といわれた時点で素直に勝ちを認めざるを得ません。

4『堀部安兵衛』（上・下、角川文庫）

赤穂浪士の代表的な剣客である堀部安兵衛。彼の知られざる青年時代から吉良邸討ち入りに至る人生を活写する。

堀部安兵衛は赤穂浪士の1人。藩主浅野長矩の死後、仇を晴らすため、怨敵《おんてき》である吉良義央を討つべく吉良邸討ち入り（赤穂事件）に参加したことで知られる人物です。

『堀部安兵衛』は、安兵衛の14歳から死ぬまでの生涯を描いた一代記。この作品の魅力は、英雄の華々しい姿ばかりでなく、**ダラダラしている姿も描いているところ**です。

安兵衛青年には、のちに歴史の英雄になるとは思えないような生活を送っていた時期がありました。自堕落な日々を送り、酒を飲み、女の家に転がり込む。しまいには、女から家を出て行けと言い出される始末。

作品には、「出て行け」と言われて、それでも出て行きたくないからゴロゴロしているシーンも描かれています。よく「最近の若者は覇気がない」とか「昔はもっと若者の目が輝いていた」などと言われることがありますが、いつの時代にも無気力な若者はいることがわかります。

でも、私が『堀部安兵衛』から読みとってほしいのは、いつの時代も無気力な若者がいるということではなく、**人には無気力なときもあるというメッセージ**です。

「歴史上の英雄だって、最初から英雄だったわけじゃない。若いときに逼塞《ひっそく》していた人もいる。若いときに無気力だった人が、後に英雄になることだってあるんだよ」

池波正太郎は、そんな生き方のサンプルを提示してくれているわけです。

『堀部安兵衛』は人生のどのタイミングで読むかによって、感想が変わってくる作品といえます。今これといってやりたいことがなく、漫然と日々を送っている若者が読めば、「**英雄だってこんな時期があったんだ。自分も何かできるかもしれない**」と思えるかもしれません。一方、年長者が読めば、「**ああ、自分にもこういう無気力な時代があったな。迷惑をかけた人がいたな**」などと懐かしく思えそうです。

人生を考える上で、非常に示唆に富む1冊です。

第3世代 司馬遼太郎（しば・りょうたろう）

１９２３年大阪市生まれ。大阪外国語大学蒙古語科を卒業。産経新聞文化部に在職中の１９６０年、『梟の城』で直木賞を受賞。66年に『竜馬がゆく』『国盗り物語』で菊池寛賞を受賞するなど、幅広い読者から親しまれ、歴史小説の新たな世界を切り開いた。１９９３年に文化勲章を受章。１９９６年没（享年72）。

人物解説

第1章でも触れたように、司馬遼太郎は第3世代を代表するだけでなく、歴史小説の枠を超えた国民作家です。一時期は司馬作品を読むことが社会人の嗜みとされていたくらい、彼の小説は多くの読者に愛され、圧倒的な支持を集めてきました。

なぜ司馬遼太郎は国民作家となり、熱狂的な読者を生み出したのか。それは**登場人物が物語の中で生きているから、そして志を持っているから**だと思います。『竜馬がゆく』『坂の上の雲』などを読んだ読者は、主人公の熱い志に共感し、心を鼓舞されます。歴史の偉人みたいに大きなことができないとしても、人生を熱く生きてみたいという思いに駆られます。

司馬作品は、読者の人生観を変える力を持っているのです。

作品紹介

1 『燃えよ剣』(上・下、新潮文庫)

武州多摩で農家に生まれ育ち、不良少年に育った土方歳三《ひじかたとしぞう》。剣術の腕を頼りに、「武士になりたい」という思いを抱き、近藤勇らと京都を目指す——。「鬼の副長」として新撰組を最強の集団に仕立て上げ、動乱の幕末期を剣に生きた男の活躍と最期を描いた物語。

司馬遼太郎といえば『竜馬がゆく』が最も有名ですが、同時期の作品でいうと私は『燃えよ剣』のほうが好きです。

この小説の素晴らしさは、美しく完成されたフォーマットにあります。

歴史小説は何も考えずに書くと、歴史の流れを追いかけるだけで、読者が主人公に共感できないまま終わってしまうパターンに陥りがちです。しかし、『燃えよ剣』は違うのです。

司馬遼太郎はこの作品の前半で、フィクションの度合いを強めつつ土方歳三の恋愛や剣術を描きます。読者は土方の近くを伴走しているような気分になり、いつの間にか彼を好きになり、憧れを抱き、生き方に共感していきます。

後半になると、土方は戊辰戦争で戦うようになり、物語の焦点は歴史の大きな流れのほうに移ります。読者は必然的に土方の近くにいられなくなり、俯瞰《ふかん》した視点で見ている気分になります。

それでも、読者は前半で土方の気持ちに寄り添っているので、決して冷めることがありません。後半でもときどき昔の距離感で土方を描いているのは、さすがのテクニックです。

読者の立ち位置をたとえていうなら〝**大谷翔平の同級生**〟が近いと思います。大谷選手と中・高で一緒にプレーしていたチームメイトは、今も彼と友達でいられます。遠くメジャーで活躍していても、友として応援できるわけです。

読者の共感を維持しながら、歴史の大枠をきちんと説明する。このフォーマットが完璧にハマっているという点で、『燃えよ剣』は教科書のような作品なのです。

2『風の武士』（上・下、講談社文庫）

幕末期の貧乏御家人・柘植信吾《つげしんご》は町道場で起きた殺人事件をきっかけに、熊野山中にある幻の国・安羅井国《やすらいこく》をめぐる陰謀に巻き込まれる……。ロマンあふれる司馬遼太郎初期の伝奇小説。

司馬作品は初期と後期で好みが大きく分かれます。**初期は伝奇色が強い作品が多く、**代表作には直木賞を受賞した『梟の城』が挙げられます。

もちろん『梟の城』も素晴らしいですが、私がおすすめしたいのは『風の武士』です。

司馬作品の中でもフィクション性が強く、一、二を争うぶっ飛んだストーリーだと思います。

この作品から感じるのは、さまざまな知識をつなぎ合わせて壮大な物語を生み出す力です。221ページで大佛次郎の『鞍馬天狗』を紹介したときに「フィクションでありながら、私たちの世界とのつながりを感じさせる」と評しましたが、**『風の武士』**は**その発展系のような作品**なのです。

ちなみに本作の主人公は柘植信吾という名前ですが、私はこの作品が好きすぎて『イクサガミ』という作品に登場する伊賀同心（伊賀忍者の子孫から構成され、江戸城の警備を担った集団）のキャラクターを同じ苗字の柘植《つげ》響陣《きょうじん》にしました。

3『峠』（上・中・下、新潮文庫）

主人公は越後長岡藩の下級武士・河井継之助《かわいつぐのすけ》。藩内でも浮いた存在だった彼は、留学の旅を経て抜擢され、藩政改革に力を入れるようになる。そんな彼に待っていたのは、幕府の崩壊を見通していながら、藩を率いて官軍と戦う運命で

――あった。知られざる幕末の英雄を描いた作品。――

「もう一つの『竜馬がゆく』」ともいわれ、2022年に役所広司さん主演で映画化もされている作品です。特に手にとってほしいのは18歳から25歳くらいまでの若者であり、自分の生き方に迷ったときこそ刺さる物語です。

この作品の主人公は、幕末期に生きた武士の河井継之助。それまであまり日が当たらなかった人物です。2010年以降の歴史小説では、司馬遼太郎が書いた人物を避けようとマイナーな武将などをとり上げるブームが起こりましたが、司馬遼太郎本人も知られざる人物を描いていたわけです。

司馬遼太郎は圧倒的なリサーチ力を活かしつつ、しかも資料には頼り切らずに血の通った河井継之助を小説の中で再生しました。

これ以上の河井継之助を書けといわれたら、ほとんどの書き手は尻込みするでしょうし、マイナーな人物を一作品で歴史の偉人に押し上げる力には、脱帽するしかありません。

第3世代

藤沢周平（ふじさわ・しゅうへい）

１９２７年山形県生まれ。山形師範学校を卒業後、中学教師として勤務するも結核により休職。闘病生活を経て業界新聞社で働きながら小説を執筆するようになる。１９７１年『溟い海』でオール讀物新人賞を受賞。１９７３年に『暗殺の年輪』で直木賞を受賞。市井に生きる人々を描いた時代小説に定評があり、数々の作品を残した。１９９５年に紫綬褒章を受章。１９９７年没（享年69）。

人物解説

藤沢周平は若い頃に肺結核で長い闘病生活を送った影響もあり、決して明るい作風ではないものの、**「人はどう生きるか」という根源的なテーマ**を扱っています。『たそがれ清兵衛』『武士の一分』（原作は『盲目剣谺返し』）など数々の作品が映画化されていますが、クリエイターが映像化したくなる気持ちもよくわかります。

藤沢作品に登場する主人公は決して強者ではなく、私たちと等身大の下級武士。江戸時代とは状況が違っても、誰もが人生で味わう心情が丁寧に描かれています。

共感度が高い物語は、エンターテインメントとしては面白くなりにくいのですが、藤沢周平はこのハードルをいとも簡単に乗り越えています。

また、書き手目線でいうと、藤沢作品には**最小限の言葉で物語を紡ぐ美しさ**があります。文章の美しさでは、歴代の歴史小説家の中でも、かなり上位に位置すると思います。私たちパソコン世代が書きすぎる傾向にあるのとは対照的であり、茶の湯に通じる美学を感じます。

作品紹介

1『たそがれ清兵衛』（新潮文庫）

海坂藩《うなさかはん》の井口清兵衛は、下城の時刻になると病弱の妻の世話をするため一目散に帰宅することから「たそがれ清兵衛」と呼ばれていた。彼は藩内の抗争のあおりで上意討ちの討手に選ばれ、妻の治療のために引き受けることを決意する。普段は風采の上がらない武士たちの活躍を描く短編集。

短編に優れた藤沢周平の到達点ともいうべき名作です。すぐに読める作品ですが、「短編でこれが書けるのか」というくらい、必要なものだけで構成されていることに驚きます。

『たそがれ清兵衛』には剣術バトルのシーンが出てくるのですが、**細かいことは一切書かれていません**。それでいて、緊張感や迫力みたいなものがひしひしと伝わってきます。

2『蟬しぐれ』（文春文庫）

主人公は海坂藩の少年藩士・牧文四郎。藩の抗争に巻き込まれて父を失った彼は、淡い恋を経験し、友情に支えられながら成長してゆく。藤沢作品はもとより、時代小説を代表する傑作。

地の文に注目して読むと、**冒頭から夏の描写の破壊力に圧倒されます**。藤沢周平はたった1～2行の表現で私たちの記憶にある夏を喚起させ、そこに夏があると思わせます。主人公に感情移入させる筋運びも、素晴らしいのひと言です。

3『義民が駆ける』（新潮文庫）

天保年間に、幕府から突如として命じられた三方国替え。荘内藩の領民たちは、藩主を守ろうと越訴のために江戸に向かった。歴史に埋もれた彼らの行動を描く歴史長編。

タイトルからして、主人公は英雄ではありません。この作品でも藤沢周平の風景描写は冴えわたっていて、風景を通じて農民の生活を描き切っています。

何かの事件や転換期を経て主人公の気持ちが変化していく。藤沢先生はそういった心情変化に長けた書き手でもありました。

実は**最近のエンターテインメントでは心情変化が一種のブーム**となっており、『梨泰院クラス』などの韓国ドラマでも、途中で主人公の気持ちが変化していて、最初はヒロインを応援していた視聴者が、いつの間にか別の人を応援しているような展開をよく目にします。この手法は私もよく使うのですが、藤沢先生はきめの細かさで一頭地を抜いています。「上手いなぁ」と感嘆するばかりです。

第3世代

山田風太郎（やまだ・ふうたろう）

1922年兵庫県生まれ。東京医科大学在学中に推理小説『達磨峠の殺人』を発表し、作家としてのキャリアをスタートする。1948年『眼中の悪魔』と『虚像の淫楽』により探偵作家クラブ賞を受賞。1958年から時代小説を手がけるようになり、『甲賀忍法帖』に代表される長編忍法小説で一世を風靡した。74年頃からは文明開化期をテーマにした『警視庁草紙』や『幻燈辻馬車』などの作品を残した。2001年没（享年79）。

人物解説

山田風太郎は、戦後を代表する娯楽作家にして超アイデアマンです。『甲賀忍法帖』が能力バトルの元祖とされるなど、後に与えた影響には多大なものがあります。

彼の小説は、今読んでも不思議と古さを感じさせません。**アイデアが斬新すぎて、今なお新しい小説のように思える**のです。

私は山田風太郎のご親族から直接話を伺ったことがあるのですが、子どもの頃はとても素行が悪かったそうです。

あの尋常ではない発想力は、どこでどうやって養われたのでしょう。いろいろな意味で興味がつきない作家です。

作品紹介

1『甲賀忍法帖』（角川文庫など）

400年にわたる甲賀と伊賀の対決が終わろうとしていたとき、徳川家康が世継ぎを決める方法に選んだのは両者の忍法対決だった。両者の精鋭10人が殺し合う壮絶なサバイバルバトル。果たして勝者となるのは甲賀か伊賀か。山田風太郎が繰り出す究極のエンターテインメント小説。

忍法帖シリーズの第1作であり漫画化もされた人気作品。これまでの「強い・弱い」「修行して乗り越える」といった戦いのパターンを覆し、「高い能力を持っていても相性の悪さで弱者に負けてしまう」という**〝じゃんけんの構図〟を持ち込んだところに山田風太郎の革新性**があります。

普通の人間生活でも相性の悪さはありますから、これは突飛なようでいて実は誰にも起こりえるシチュエーションです。誰にも起こりえるけれども、誰も物語にしようと気づかなかった構図をとり入れているのです。

そしてもう一つ注目してほしいのは、地の文にカタカナが頻出していることです。たとえば「○○は宙にジャンプして、相手のバックをとった」といった表現が普通に出てきます。

今私たちが「バックをとった」と書くと「時代小説なのにバックはないだろう」と絶対に批判を受けるでしょう。でも、山田風太郎は平気でカタカナを使っていましたし、彼だけでなく、当時はカタカナ語を普通に使う風潮がありました。

要するに**重要なのは、伝わりやすい表現をする**ということ。「後ろをとった」というより「バックをとった」というほうが字面や響きからも素早さが伝わります。

とはいえ、ただカタカナ語を使えばいいというわけでもありません。読者の8割9割が「バックをとった」と聞いて、状況を的確にイメージできるという常識性も必要です。

つまり、適当にやっているわけではないというところが、山田風太郎のすごさなのです。

2 『斬奸状《ざんかんじょう》は馬車に乗って』（小学館文庫）

弱気を助け強気を挫き、大名からの信頼も厚かった同心・笊ノ目《ざるのめ》万兵衛の悲劇と壮絶な最期を描いた「笊ノ目万兵衛門外へ」など、幕末から明治期を描いた珠玉の短編集。

山田作品の中でも〝明治モノ〟と位置づけられる、明治を舞台にした短編集。人生の縮図や縁の不思議さが一つひとつ描かれる王道の作品です。

どれをとっても「本当に『甲賀忍法帖』の作者と同じ人間が書いてるの？」と思うくらいに真っ直ぐ。私もこの作品集を最初に読んだとき、「てっきり奇想天外な娯楽小説の大家だと思っていたけれど、こんな作品もできるんだ！」と驚愕・興奮したのをよく覚えています。

この作品は「**王道を知っているからこそ奇道が描ける**」ということを教えてくれます。明治モノの作品はほかにもたくさんあるので手に取ってみてください。

第3世代

遠藤周作（えんどう・しゅうさく）

1923年東京市生まれ。3歳で満州大連に渡り、10歳で帰国。伯母と母の影響で12歳のときカトリックの洗礼を受けたことで、カトリックの信仰が文学のテーマとなる。慶應大学文学部を卒業後、フランス留学を経て1955年『白い人』で芥川賞を受賞。1957年に発表した『海と毒薬』が絶賛される一方で、『狐狸庵日乗』と題するユーモアのあるエッセイも読者の支持を集めた。1995年に文化勲章を受章。1996年没（享年73）。

人物解説

遠藤周作はカトリック教会の洗礼を受けたキリスト教作家です。**宗教と歴史小説を融合させた独自の切り口**で、数々の名作を発表しています。

宗教だけでなく、歴史小説と何かをかけ合わせることで、新しいジャンルが生み出されます。経済×歴史小説の城山三郎、海×歴史小説の白石一郎などが代表的ですが、普通はかけ合わなさそうな要素が合わさったときに魅力的な小説が生まれます。

宗教の話を現代小説で書くとどうしても生々しくなってしまうのですが、遠藤周作の作品は歴史小説とかけ合わせることで、読者は一歩引いたポジションから冷静に物語を読むことができます。

実は私も「かけ合わせ」については常々試行錯誤しており、『塞王の楯』では歴史小説と時代小説のかけ合わせを試みています。それまで自分の強みが時代小説で見せるストレートな熱さやコメディチックな要素であると自負しながらも、歴史小説では熱さを封印していました。しかし、両者はきっと交わるはずだと考え、思い切って試してみたところ、上手く融合させることができたのです。

「かけ合わせ」は今後の歴史・時代小説の一つのキーワードになっていくはずです。その流れを先どりしつつ、しかも一番難しい宗教という題材で成功させているわけですから、遠藤周作は唯一無二の作家です。

作品紹介

1 『沈黙』（新潮文庫）

キリスト教が禁止されていた江戸時代、日本に渡ってきたイエズス会司祭のロドリゴ。拷問される信者を守るために棄教を決意した彼は、耐えがたい苦しみの中で踏み絵を踏む瞬間を迎える。信仰と救済を追求した遠藤周作の代表作。

信仰への迷いを描くことで、逆説的に信仰とは何かを問いかける物語であり、マーティン・スコセッシ監督によってハリウッドで映画化もされています。

私たちがタイの歴史小説を知らないように、日本の歴史小説が海外で読まれることは少ないのですが、この作品は世界的にも高く評価されています。欧米のキリスト教徒とキリスト教徒でない日本人では、違った読み方をしている部分があることを差し引いても、信心の根本に迫るという意味で普遍的な作品だと思います。

よくスポーツの世界などで「気持ちが技を超える」といわれることがありますが、小説の世界でも似たようなことは起こります。

『沈黙』には私小説的な雰囲気もあり、遠藤周作自身の迷いや葛藤が含まれているのでしょう。

それが気迫となって作品から伝わってきます。

ただキリスト教の価値観を書いても押しつけがましいだけですが、それをうまくさばいているのが遠藤周作の力があってこそ。

相当な手練れが無心になって熱を込めて書けば、こんな優れた小説が生まれるという好例です。

2『男の一生』（上・下、日経BPマーケティング）

蜂須賀小六の幼なじみであり、一介の野武士に過ぎなかった前野将右衛門（前野長康）は、無名の将兵である木下藤吉郎の将来に期待し、彼の下で働きながらさまざまな戦いを経験していく。信長・秀吉という2人の天下人に仕えた彼の奮闘と悲劇を描く物語。

この小説の主人公は前野長康というキリシタン武将。前野長康を知らない人は多いと思いますが、こういうマイナーな武将を上下巻で描き、なおかつキリスト教との向き合い方も扱うというのは、**実力のある書き手でないと不可能**です。

遠藤周作は、ただ前野長康を描くのではなく、自分の考えや想いをきちんと込めています。小説家は知識だけでも、技術だけでも、想いだけでも駄目なのだとつくづく思わされます。前出の『沈黙』と比べてキリスト教色が若干薄い分、普通に歴史小説として楽しめるはずです。

第4世代

北方謙三（きたかた・けんぞう）

１９４７年佐賀県生まれ。中央大学卒業後、１９８１年『弔鐘はるかなり』で注目を集める。１９８３年、『眠りなき夜』で吉川英治文学新人賞を受賞。１９８５年に『渇きの街』で日本推理作家協会賞を受賞。その後、歴史小説を手がけるようになり、１９９１年に『破軍の星』で柴田錬三郎賞を受賞。２００５年には『水滸伝』で司馬遼太郎賞、２０１１年には『楊令伝』で毎日出版文化賞を受賞している。２０１３年に紫綬褒章、２０２０年に旭日小綬章を受章。

人物解説

この本でとり上げた作家の多くは鬼籍に入っていて、本の中でしか会えなかった先輩ばかりです。そんな中、直接お会いしていろいろな言葉をいただき、背中を見させてもらっている恩師が、北方謙三先生です。

北方先生や浅田次郎先生、宮城谷昌光先生などの第4世代は、私たちがイメージする「文豪」の匂いを残した〝最後の世代〟ではないかと思います。

私が北方先生から学んだのは、作家としての姿勢です。

どれだけ酔っ払っても1行は書け。1日書かなかったら3日後退する──。

私が２０１８年から今まで１日も休まず書き続けているのは、この北方謙三の教えを胸に刻んでいるからです。もちろん技術的にも尊敬してやまないのですが、その生き方に大きな影響を受けています。

私が「小説を誰のために書けばよいのかわからない」と相談したとき、北方先生は**「たった1人の読者のために書け。『1人』の意味は自分で考えろ。いつかわかる」**と教えてくださいました。

そして2018年に私が角川春樹小説賞を受賞したときには、多くの人を前に「北方謙三を駆逐するのは、今村翔吾かもしれない」と言ってくださいました。

北方謙三は、何を言っても格好いい人です。

1『破軍の星』（集英社文庫）

わずか16歳にして後醍醐天皇により任じられて陸奥守となった北畠顕家《きたばたけあきいえ》は奥州の制圧に成功し、足利尊氏を討つために京を目指す。一度は尊氏を敗走させた顕家だったが……。貴公子の短くも猛々しい生涯を描いた傑作長編。柴田錬三郎賞受賞作。

北方先生は南北朝時代（鎌倉幕府の滅亡から室町幕府が全国統一するまでの約60年。皇統が吉野の南朝と京都の北朝に分かれて対立した時代）を扱った小説をたくさん手がけており、『破軍の星』はその代表作です。

北方作品の魅力は性別の男ではなく、性格の漢《おとこ》が描かれていることです。文章にも独特のリズムがあって、読者はあっという間に〝北方ワールド〟に引き込まれます。

最大のポイントは、絶妙なセリフ回しにあります。登場人物が「これしかない」というセリフを発するのです。これは作者がキャラクターに言わせているというより、作者キャラクターのひと言を引き出しているという感覚に近いような気がします。

作った言葉ではなく、実在した人物の肉声に近い言葉を書いているからこそ、読者の心に響くのです。

小説家たるもの、大なり小なりセリフの工夫はしているわけですが、**魂の言葉を引き出せる北方術**というものがあるのでしょう。

南北朝時代は日本人にとって最も馴染みが薄く、小説にするには難しい時代。にもかかわらず、心が震える名作に仕上がっています。

2『水滸伝』（一～十九、集英社文庫）

国が崩壊しつつあった北宋末期の中国で、憂国の士たちが立ち上がり、いよいよ反乱の戦いが始まろうとしていた。中国四大奇書の一つである『水滸伝』を北方謙三が換骨奪胎したスリリングな革命の物語。司馬遼太郎賞受賞作。

この作品の原典は中国明代の長編小説ですが、〝北方水滸伝〟は冒頭から大きく道を踏み外しています。原典を忠実に再現するのではなく、一度とり込んだ上で独自の解釈を施し、新しい作品として吐き出しているのです。

私は北方先生から「**物語は勝手に動いていくものだ。いくら俺が登場人物を死なせないと思っていても勝手に死んでいくし、生かしてやりたいと思っても死んでいく**」というお話を聞いたことがあります。つまり、水滸伝に登場する108人の人物全員に魂を吹き込んだ結果、必然的に原典からそれていったということなのでしょう。

もはや北方謙三自身も制御不能。もしかしたら、北方作品は北方謙三が作っているのではなく、北方謙三が魂を吹き込んだ登場人物たちが、自分たちで織りなしている物語なのかもしれません。

この作品に限りませんが、**ぜひ注目してほしいポイントの一つは老人の描き方**です。北方先生は老人の描き方が素晴らしく、迫力があって魅力的な人物がたくさん登場します。きっと「このように生きて、このように死にたい」という人生観がしっかりしていて、自分の未来の姿を何パターンか設計した上で、作品に投影されているのではないでしょうか。

『水滸伝』（全19巻）は『楊令伝』（全15巻）、『岳飛伝』（全17巻）へと続く「大水滸伝」シリーズへと発展し、17年をかけて完結しています。

3『チンギス紀』（集英社）

地域の有力者が覇権争いを繰り返していた12世紀のモンゴル。この時代に誕生したテムジン（チンギス・カン）はさまざまな経験と戦いを繰り広げながら英雄への階段を上り詰めていく。モンゴル帝国を築いたチンギス・カンの生涯を壮大なスケールで描いた興奮の歴史小説。

『チンギス紀』は「大水滸伝」シリーズと世界観がつながる物語ですが、まず注目したいのは、**北方先生が70歳にして新たに着手したシリーズ**であるということです。

今まであまり開拓されてこなかったモンゴル史に、70代で真正面から挑むという気概がすさまじいです。

北方先生は今でも手書きで執筆されているのですが、この作品を書くにあたり、長いモンゴル人の名前を考慮して「A」「B」「C」などと記号を割り振った上で書き進めようとしたそうです。

ところが、その方法では、すぐに書けなくなりました。**名前には魂が宿っていることに気づいた**というのです。

新しい手法を試みようとする姿勢も素晴らしいですが、長年の積み重ねで北方謙三のスタイルが確立されていることにも敬服します。

さて、『チンギス紀』シリーズは現在も続いています。今の70代には若い人が多いですが、これだけのシリーズを書くとなると、本当に体力を必要とします。私が70代になったとき、果たしてここまでのバイタリティが残っているのかどうか。

しかも、北方先生は『チンギス紀』の次に、自身最後になるかもしれない挑戦的な作品を書くと語っています。いったい、いつまで現役が続くのでしょう。恩師である大先輩に頭が下がる思いです。

第4世代

浅田次郎（あさだ・じろう）

1951年東京都生まれ。1995年『地下鉄に乗って』で吉川英治文学新人賞受賞。1997年には『鉄道員（ぽっぽや）』で第117回直木賞を受賞。2000年に『壬生義士伝』で柴田錬三郎賞、2010年に『終わらざる夏』で毎日出版文化賞を受賞。2015年には紫綬褒章を受章している。

人物解説

浅田次郎先生は、読者の心の琴線に触れるような美しい文章を書く一方で、思わず笑ってしまうコメディまで幅広く書き分ける筆力の持ち主です。名前を伏せて発表したら、「**これは20代とか30代の作家が書いているのでは？**」と思うくらいに、くだけた文章もお手の物なのです。

深くて重いものから軽妙なものまで、いろいろな浅田次郎を堪能できるという意味で、読者を飽きさせない大作家です。やはり最強の第3世代である「一平二太郎」を間近に見てきた世代の書き手は強いです。

作品紹介

1『壬生義士伝』（上・下、文春文庫）

幕末の新撰組にあって最強ともいわれた南部盛岡藩脱藩藩士・吉村貫一郎。守銭奴と罵られながらも、家族を想い、義を全うした武士としての生き方が記者の聞きとり調査によって明かされていく。第13回柴田錬三郎賞受賞作。

聞き書きで構成されているのがこの作品の特徴的ですが、本当にそこに人がいて、自分が取材しているような臨場感があり、浅田先生の文章のすごみを感じます。チープな言い方になってしまうのですが、**読んで泣かずにはいられない鉄板の作品**です。

2『蒼穹《そうきゅう》の昴《すばる》』（①〜④、講談社文庫）

舞台は清朝末期の中国。貧しい家庭に生まれ育った主人公の春児は西太后の側近に上り詰めるが、激動の時代の中で守旧派と改革派の激しい主導権争いに巻き込まれ……。壮大な歴史ドラマを描ききった超大作。

直木賞史上、最も長編の候補作とされ、かつ「幻の直木賞受賞作」とも評される作品です。浅田先生自身が「私はこの作品を書くために作家になった」と帯に書いている、初期の代表作です。

3『一路』（上・下、中公文庫）

父の急死にともない、急遽参勤交代の差配を任された19歳の小野寺一路。中山道を江戸に向かう一行は、道中次々と難題に見舞われる。笑いあり涙ありの道中記。第3回本屋が選ぶ時代小説大賞。

壮大な歴史小説を書くかと思えば、この作品のような**コメディチックな時代小説も書く**。まさに浅田先生の真骨頂です。「こっちもやるか⁉」と驚かされました。

第5世代 山本兼一（やまもと・けんいち）

1956年京都府生まれ。同志社大学卒業後、出版社、編集プロダクションを経てフリーライターとして活動。1999年、『弾正の鷹』で小説NON短編時代小説賞佳作。2004年に『火天の城』で第11回松本清張賞を受賞。2009年に『利休にたずねよ』で第140回直木賞を受賞するも、2014年に逝去（享年57）。

人物解説

第5世代の代表者といって、真っ先に思い浮かぶのが、葉室麟先生と山本兼一先生です。

山本先生は、私と同じ京都出身の先輩作家。綿密な取材をもとに戦国時代の技術者や職人を描いた作品に定評がありました。

直木賞の受賞後わずか5年で亡くなり、決して多くの作品を残したわけではありませんが、歴史小説の世界にたしかな足跡を残しています。

私は後期の作品が好きで、そこから多くを学びました。特に自分が小説を書くようになってからは、**山本先生の技術力の高さ**を実感しています。

作品紹介

1『利休にたずねよ』（PHP文芸文庫）

独自の美学で天下人である豊臣秀吉と対峙し、茶の湯を完成させたとされる千利休。しかし、いつしか秀吉との溝は修復不可能なまでに深まり、ついに利休は切腹を命ぜられる。いったい千利休とはどのような人物だったのか。彼と関わりのあった人々の視点から描かれる美学の本質。直木賞受賞作。

直木賞受賞作にして山本先生の代表作。歌舞伎俳優・市川海老蔵（現市川團十郎）主演で映画化もされています。

茶の湯の精神は「わびさび」であるといわれますが、「わびさび」が何なのかは、明確に示されているわけではありません。専門家でも微妙に違った表現をしているくらいであり、実際に「わびさび」を言語化するのは至難の業です。

その難問を前に、本書はわびさびそのものを言語化するのではなく、千利休という人物の一生を通じてわびさびを伝えようと試みています。しかも、利休本人を直接描くのではなく、**利休に関わりのあった人たちが利休を語るという連作短編方式で物語を綴っています。**

今では連作短編方式が一種の流行のようになっていて、私も『八本目の槍』という作品をこの方式で書いています。もしかしたら、『利休をたずねよ』はムーブメントのはしりとなった作品かもしれません。

連作短編は、物語にどれだけ太い横軸を通せるかがポイントとなります。構成力が問われ、下手に真似しようとすると破たんしやすい方式なのですが、本作は見事な成功例といえます。利休切腹の当日から遡り、読者をぐいぐい引き込む展開の緻密さに圧倒されます。

これを読んで以降、私は利休が嫌いになりました。「もう利休を描くのは無理だ」と悟ったからです。

2『火天の城』（文春文庫）

織田信長から安土城の築城を命ぜられた職人たちが、さまざまな苦難を乗り越えながら見事に城を完成させるまでの物語。２００９年に西田敏行主演で映画化されている。松本清張賞受賞作。

『火天の城』は、安土城を築城した職人の物語。私との関わりでいうと、『塞王の楯』を執筆する前にこの作品を再読しました。私が描こうとしていた近江の石工集団の穴太衆《あのうしゅう》が登場することもあり、職人の描き方を見ると同時に内容の重複を避けようと思ったのです。

執筆前には編集者から「職人を書いて熱い話になりますか？」と心配されていたのですが、この本を読んで、「職人であろうが武士であろうが、人間の矜持《きょうじ》を描けば熱い物語にできる」と確信しました。

しかも、『火天の城』は**武士の小説以上に緻密な取材が行われている**ことにも気づきました。実際にやってみてわかったのですが、実は武士の小説以上に、職人小説のほうが目に見えないところで細かな取材を必要とします。

ただし、取材したものをすべて書いてしまうと、小説のリズムは崩れます。書くという作業と同じくらい、書かずに捨てるという作業も重要なのです。

本作を読み返しながら、**山本先生がどれだけのものを捨てたのだろうと想像しました**。そして、山本先生が描こうとして描ききれなかった部分は何だろうかと自問しながら執筆を進めました。そんな思い出もあり、読者には一読をすすめたい小説です。

第6世代

朝井まかて（あさい・まかて）

１９５９年大阪府生まれ。コピーライターとして広告制作会社に勤務した後、独立。２００８年小説現代長編新人賞奨励賞を受賞して作家デビュー。２０１３年に『恋歌』で本屋が選ぶ時代小説大賞、２０１４年に第１５０回直木賞、織田作之助賞を受賞。２０１７年に『福袋』で舟橋聖一文学賞、２０１８年に『雲上雲下』で中央公論新人賞、『悪玉伝』で司馬遼太郎賞を受賞。２０２１年には『類』で芸術選奨文部科学大臣賞、柴田錬三郎賞を受賞。

人物解説

朝井まかて先生は２００８年、50歳を目前にデビューした遅咲きの作家です。

デビューこそ遅かったのですが、6年後には『恋歌』で直木賞を受賞。それ以降、織田作之助賞、中山義秀文学賞、司馬遼太郎賞、柴田錬三郎賞など毎年のように文学賞を受賞するなど、当代きっての一流作家となっています。

「今一番すごい作家は?」と聞かれたとき、私は真っ先に朝井先生を挙げます。**題材は縦横無尽で、特に女性を描かせたら天下一品。**いまでも年々成長されていて、王道の作品を発表している実力者なのです。

作品紹介

1『眩（くらら）』（新潮文庫）

葛飾北斎の三女にして「江戸のレンブラント」と呼ばれた天才女絵師・葛飾応《おう》為《い》の生涯を圧倒的な熱量で描いた作品。第22回中山義秀文学賞受賞作。

朝井まかて作品からおすすめする1冊目は『眩』。葛飾北斎の娘である葛飾応為という画家が主人公の物語です。

絵を描くという他ジャンルの芸術を小説という芸術で表現するわけですから、その時点で書き手には非常に難しい作品といえます。

朝井先生がもともと絵画に造詣が深いのか、直接お尋ねしたことはないのですが、この作品のために相当勉強をされたのではないかと想像します。

どんなに勉強したからといって、世の中には小説家より絵画の世界に詳しい人はたくさんいます。

それでも、葛飾応為を物語に収めることで、**評論家とは違った視点から絵画の魅力に迫っています。**

生きている絵と生きている人が描かれている素晴らしい作品です。

2 『類』（集英社）

明治44年に森鷗外の末子として誕生した随筆家・森類《もりるい》。父の死や戦争の混乱を経験しながらも、書店を経営し、文筆の道に生きた波瀾万丈の人生を描く。

森類は1991年まで存命していましたから、決して「歴史上の人物」という印象はないのですが、54ページでもお話ししたように歴史小説は昭和を描く時代に突入しています。**「こんな最近の人を歴史小説化したのか」という驚きと面白さ**を感じました。

3『ぬけまいる』(講談社文庫)

「馬喰町の猪鹿蝶」と呼ばれた江戸娘三人組(お以乃、お志花、お蝶)が、突如として家と職を放り出し、目指した先は伊勢神宮。かしましい道中模様をコミカルに描写した長編時代小説。

「抜け参る」とは、家族や主人に黙って家を抜け出して、伊勢参りに出かけること。この作品はエンタメ性を保ちながら、現代にも通じる女性の姿を描いていて、読者をまったく飽きさせません。

NHKでテレビドラマ化されたのも納得の面白さです。後輩の私が評価するのもおこがましいですが、**文章がうますぎます**。

第7世代

今村翔吾（いまむら・しょうご）

1984年京都府加茂町（現・木津川市）生まれ。滋賀県在住。小学5年生のときに読んだ池波正太郎著『真田太平記』をきっかけに歴史小説に没頭。ダンス・インストラクターを経て32歳で『火喰鳥　羽州ぼろ鳶組』で作家デビュー。2022年『塞王の楯』で第166回直木賞受賞。

人物解説

なんだか気恥ずかしいですが、第7世代からは不肖私、今村翔吾をとり上げます。

今村翔吾の小説を象徴するキーワードは「熱さ」であると考えています。仮に「今村翔吾の小説をひと言で表すなら？」というアンケートをとったならば、第1位はぶっちぎりで「熱い」になるのではないかと思います。ついでにいうと「コメディ」とか「笑い」もランキング上位に入りそうです。

私が書く小説に出てくる人物はしばしば「熱すぎるくらい熱い」とされ「社会に出たら、こんな青くさいセリフなんて言えない」などと評されることもあります。

一方で、私の作品が読者から支持を受けているのは、世の中の人たちが心のどこかで「熱さ」を求めているからではないかと思うのです。

私が小説を通じて伝えたいメッセージは「日本人ってこんなに熱くなれるんだよ」「私たちも、もっとやれるんじゃないの」ということです。作品から直接「熱さ」を受けとってもらえれば嬉しいです。

作品紹介

1『塞王の楯』（集英社）

舞台は近江の国・大津城。「最強の楯」を作る石垣職人〝穴太衆〟と「至高の矛」を作る鉄砲職人〝国友衆〟の対決を描く究極の戦国小説。直木賞受賞作。

職人が主人公、武将を脇役に戦争のリアルを描いた作品です。

人類はこれまで何度も戦争を繰り返し、今も戦争は続いています。争いを止めるのは難しいですし、この問題を解決する絶対的な正解はありません。

ただ、**考えることを放棄すべきではないし、みんなで一緒に考えましょうという**

メッセージを込めながら書きました。
この作品の中では、職人の「懸《かかり》」という言葉が出てきますが、これは私が考えた造語です。造語を活用して読者にわかりやすく伝えるという手法は池波正太郎先生から学びました。

2『羽州ぼろ鳶組』シリーズ（祥伝社文庫）

主人公はかつて江戸の町で〝火喰鳥〟の異名で知られた火消の松永源吾。羽州新庄藩に召し抱えられた彼が、新庄藩火消を率いて数々の火事場に立ち向かう。

このシリーズは私の職業作家としてのデビュー作でもあり、思い入れの強い作品です。登場人物たちの心意気と愚直な生き方に触れ、「**人は何度でもやり直せる**」と感じてもらえたらと考えています。
主人公以外にも個性的なキャラクターがたくさん登場するので、読者の皆さんはそれぞれ「推し」のキャラクターを見つけて楽しんでくださっているようです。

「時代小説は古い」というイメージを持っている人にこそ、おすすめです。

3『くらまし屋稼業』シリーズ（ハルキ文庫）

――どんな身分や事情を抱える人でも、銭さえ払えば望むところに逃がしてくれる「くらまし屋」の活躍を描く。――

「人情」「決闘」「サスペンス」の要素が融合した時代小説であり、一度読み始めたら止まらない、圧倒的にドキドキ感のあるエンターテインメント作品です。

漫画化もされているのですが、実は『ゴルゴ13』で使われているストーリー展開の類型を参考にしている部分もあります。

同時に、この作品では、「仕事を極める」ということも大きなテーマとなっています。登場人物たちが、プロとして仕事をやり遂げる姿にも注目してほしいです。大興奮のまま本を閉じて「明日も仕事頑張ろう」と思ってもらえたら嬉しいです。

人生のロールモデルを見つけよう

「歴史小説に生き方を学ぶ」といっても、現実には偉人と同じように生きるのは困難です。そもそも時代も違いますし、環境も違います。だから、単純に主人公の生き方を見て「格好いい」と思うだけでいいのです。「こんなスタンスで人生を生きられたらいいな」と意識するだけでも、人生は少しずつ変化していくはずです。

そのためには、まず自分にとって理想的なロールモデルを提示してくれる作家を見つけることが重要です。ロールモデルは絶対に1人である必要はありませんし、複数であってもかまいません。また、何人かのキャラクターが複合したものでもいいと思います。

かつて私のロールモデルの1人は坂本龍馬でした。龍馬の享年（33歳）を超えたときは「自分は龍馬になれなかった」「まだ何もしていない」とショックを受けたのを覚えています。

一方で、「いよいよ何かやらなければ」と決意するきっかけにもなりました。「現在と当時では平均寿命が違うから、まだ遅すぎることなんてない」と都合良く解釈し、自分を奮い立たせました。龍馬の享年を意識することで、作家への道を踏み出せたともいえます。

こんなふうに、私は偉人が何歳のときにどんな業績を上げていたのかをけっこう意識しています。恐らく、次の大きなタイミングは信長の享年（49歳）でしょう。その年まで自分は何ができるかを考えながら、自分を反省したり鼓舞したりしていくのだと思います。

おわりに

この本の著者校正をしている最中、あらためて「そもそも教養とは何であろうか」ということが、頭を過ぎりました。とある辞書をめくると、

> **学問、幅広い知識、精神の修養などを通して得られる創造的活力や心の豊かさ、物事に対する理解力。また、その手段としての学問・芸術・宗教などの精神活動。**

とあります。おおむね我々が抱いていたイメージと相違ないでしょう。また『日本大百科全書（ニッポニカ）』（小学館）から抜粋すると、

> **教養ということばの原語である英語やフランス語のcultureがラテン語のcultura（耕作）からきていることからわかるように、土地を耕して作物を育てる意味だったものを「心の耕作」に転義させて、人間の精神を耕すことが教養であると解されている。**

と、ありました。この「心の耕作」というのは、前述の辞書にある「心の豊かさ」という文言とも重なる部分があり、これこそが教養の本質ではないかと思います。

人間の命は、哀しいかな有限です。平均寿命が延びたとはいえ、いまだ90歳の壁は超えられてはいません。だからこそ、楽しいことをして過ごしたい。何かを学ぶ時間などもったいないと考える人もおられるかもしれません。

前者に関しては私も同じですが、後者に関しては首を捻《ひね》ります。

何かを学ぶ中で、いまだ知らない「楽しさ」に出逢うことは、ままあります。それは今知っている楽しさを遥かに凌ぐものかもしれません。さらに学びを深めることで、今ある楽しさが二倍、三倍に膨れ上がることもあるのです。

効率を求めようとする世の中になってきているからこそ、声を大にして言いたい。**実は教養を備えていたほうが、トータルで見ると「楽しさ」の回収率が上がることになる**ということを。

教養なく人生を楽しむのは、一本のシャベルで穴を掘り進めようとするようなもの。教養という掘削機を自分の中に作るのには、それなりに時を要するかもしれませんが、完成したら、それまで要した時間などは瞬く間にとり返せるでしょう。

しかもその掘削機は、ある一点から加速度的に成長していき、さらには穴を掘る最中も自らが意志を持ったかのように性能を上げていくでしょう。

投資の観点から見ても、教養というのはかなり優良なものだといえるのではないでしょうか。

ただし、教養というのは、そのとっかかりが難しいのもたしかです。そこで、入り口を何にするかですが、これに関しては人それぞれとしか言いようがありません。

音楽でもよし、絵画でもよし、映画でも、ワインでもいい。人生を楽しくするための支度そのものが、これまた楽しいと思えるもの。言い換えれば、趣味にしたいと思えるものが最良の選択になるでしょう。

若干のポジショントークはあるかもしれませんが、歴史小説というものはつながり・広がりという点においては、優れているのではないかと考えます。

その中にいる**人物たちそれぞれに志があり、成功があり、葛藤があり、嗜好があり、そして教養がある**からです。

しかもその人々は、まったくの架空ではなく、今を生きる我々と地続きだということが親近感と現実味につながる。つまり、教養ある過去の人々から、〝教養の種〟をダイレクトに受けとることができるからです。

少々難しいことを書き連ねてきましたが、結局のところ私が言いたいのは、一般的に思われるほど〝歴史小説は小難しいものではない〟ということです。

われわれ小説家は、少なくとも私は、まず皆さんに楽しんでいただくことを第一に努力しています。**楽しんでもらった上で知らぬうちに教養が身についている。新たな教養への欲求が生まれる。**そうなれば幸甚です。

私でもいいし、他の作家でも構いません。是非、あなただけのコンシェルジュと出逢い、この教養への道筋があふれる世界を楽しめることを心より祈っています。

2023年8月

今村翔吾

［著者］
今村翔吾（いまむら・しょうご）
1984年京都府加茂町（現・木津川市）生まれ。滋賀県在住。関西大学文学部卒。2022年『塞王の楯』で第166回直木三十五賞受賞。小学５年生のときに読んだ池波正太郎著『真田太平記』をきっかけに歴史小説に没頭。中学生になると歴史小説家に憧れ、月30～40冊ほど歴史小説を読み込んだ。元教師の父親がダンススクールを主宰しており、その跡とりとして20代はダンスのインストラクターとして活動。2015年、跡とりを弟に任せ、退路を断って歴史小説家を志し、段ボールをひっくり返した机で歴史小説の執筆を始めた。食べていくために埋蔵文化財の発掘調査員の職を得つつ、１日平均19時間の執筆活動をしたことも。32歳で『火喰鳥　羽州ぼろ鳶組』で待望のデビュー。師と仰ぐ北方謙三氏の教えに従い、2018年から１日も休むことなく書き続けている。

教養としての歴史小説

2023年８月29日　第１刷発行

著　者――今村翔吾
発行所――ダイヤモンド社
〒150-8409　東京都渋谷区神宮前6-12-17
https://www.diamond.co.jp/
電話／03･5778･7233（編集）　03･5778･7240（販売）
ブックデザイン―三森健太（JUNGLE）
編集協力――渡辺稔大
イラスト――竹田嘉文
校正――――山本直美
製作進行――ダイヤモンド・グラフィック社
印刷・製本―三松堂
編集担当――斎藤順

ISBN 978-4-478-11852-8